纯白

如雪

柳荐棉 著

SPM 南方传媒 ｜ 广东人民出版社

·广州·

图书在版编目（CIP）数据

纯白如雪 / 柳荐棉著 . —广州：广东人民出版社，
2022.9
ISBN 978-7-218-15776-4

Ⅰ . ①纯… Ⅱ . ①柳… Ⅲ . ①推理小说—中国—当代
Ⅳ . ① I247.5

中国版本图书馆 CIP 数据核字（2022）第 078395 号

CHUN BAI RU XUE

纯白如雪

柳荐棉 著

出 版 人：肖风华

责任编辑：寇 毅
责任技编：吴彦斌
特约编辑：何青泓
装帧设计：海 云

出版发行：广东人民出版社
地　　址：广州市越秀区大沙头四马路 10 号（邮政编码：510199）
电　　话：（020）85716809（总编室）
传　　真：（020）83289585
网　　址：http://www.gdpph.com
印　　刷：北京中科印刷有限公司
开　　本：880mm×1230mm　1/32
印　　张：8.5　字　数：177 千
版　　次：2022 年 9 月第 1 版
印　　次：2022 年 9 月第 1 次印刷
定　　价：45.00 元

如发现印装质量问题，影响阅读，请与出版社（020-87712513）联系调换。
售书热线：020-87717307

序

已经开始的路，绝不停止！

我与柳荐棉君见过两次面，第一次是在"华斯比推理小说
奖"的颁奖典礼上，第二次也是在"华斯比推理小说奖"的颁奖
典礼上。第一次他凭借《猫的牺牲》摘取这一重要奖项而站在领
奖台上，第二次则是他以作品连续三届入选"中国悬疑小说年
选"的青年作家身份，和一众同仁交流创作经验。

印象中的柳君是个温和而谦逊的人，总是面带笑容，话虽不
多，但十分坦诚，从不掩饰自己的观点。而我却知道在他沉静的
气宇后面，有着怎样的卓越才华和不羁雄心，因为那时我已经
读过他的长篇小说首作——即现在读者捧在手中的这本《纯白如
雪》。此外，还有他在《2017年中国悬疑小说精选》上给我的一
句题签。

假如未来有人撰写一部原创推理小说史，2016年定是一个

难以绕开的年份。

以此前一年出版的《黑曜馆事件》为嚆矢，以当年出版的《元年春之祭》为标志，新一代原创推理作家群全面登上历史舞台，从此，一大批文学素养极佳、理论修养深厚的青年作者接踵而来，星光闪耀；从此，原创推理告别了刀耕火种的创作模式，开始在各自的畛域里精耕细作；从此，古典本格、新本格、社会派、硬汉派和幽默推理、民俗推理、历史推理、科幻推理等，各种流派和类型争奇斗艳、大放异彩——而在我看来，究其本质，新一代作者的主要创作理念基本上可以用五个字来概括，那就是"新古典主义"。

毋庸置疑，在 2000 年开始的原创推理复兴运动前期，拓荒者们进行的探索和跋涉是极其艰难和坎坷的，在大众甚至将公案文学和推理小说混为一谈的年代，"生存"是比"发展"更加重要的第一要义，因此，虽然在这一时期不乏文泽尔和水天一色这样优秀的推埋小说家写出了经典佳作，但在市场上占据主流的"推理小说"，则是以血腥、恐怖、惊悚、猎奇抓取读者眼球的悬疑类作品。当然，过分高亢的前奏虽然只是号角，但在曲不成调的同时足以振聋发聩，为后来者的登场而奠基。

是奠基，却不是启蒙。

值得类型小说研究者注意的是，在绝大多数文学品类在创作上有着鲜明的承继关系的时候，原创推理却存在着一个非常特殊的现象，那就是真正启蒙了新一代推理作者们的并非本国的前辈作家，而是来自异域的作家和作品。这一现象的产生，归根结底是阅读上的历史断层造成的。由于众所周知的原因，1949年以后，中国大陆直到本世纪初才开始真正意义上大量引进和出版国外的推理小说作品，因此，与绝大多数在从事创作前只读过柯南·道尔和阿加莎·克里斯蒂作品的"70后"作家群不同，新一代推理作家们直接受惠于火山爆发一般引进到国内的海外佳作，在阅读种类上相当全面，在阅读数量上十分惊人，在理论修养上堪称完备，就像营养摄入全面的青年在精神风貌上与营养贫乏的一代（这里绝无贬低之意，在贫瘠土壤上破土而出的种子自有健旺的生命力）截然不同一样，他们在创作理念上也与本国的前辈作家迥然有别。他们更加强调线索的公平性、逻辑的严整性、解谜的趣味性和作品的文学性。换言之，他们所要追求的，是将自己汲取海外佳作内化后的成果以全新的面貌输出，这就导致他们的作品在血统和气质上必然趋向于回归推理小说的本源。

所谓新古典主义，是指不媚俗于大众、不盲从于潮流，严格遵循古典艺术的创作法则，结合时代的特性，进行全新的阐发。无论在音乐、美术、建筑还是文学上，新古典主义表现出了共同的气质，那就是严谨、理性和典雅，而一切符合这三大特点并可以从经典中成功溯源的作品，都可以归类为新古典主义。那么，新一代原创推理作家群所创作出的大量作品，虽然种类繁多、气象万千，却大都严谨扎实、其来有自，符合"新古典主义"的特征，其中柳荐棉君的《纯白如雪》堪称代表作之一。

被暴风雪隔阻了道路的山庄，装修成日式风格而又符合东北供暖需求的奇特建筑，一群心怀叵测的客人，一对暗生情愫的侦探与助手，接连发生的凶杀惨案、诡异莫名的杀人手法，还有密室、雪地足迹、嵌套式的案中案……无论从哪个角度看，《纯白如雪》都是一部充满了古典本格质素的推理小说。

不仅如此。

前面提及，新古典主义不仅在创作手法上遵循经典的要则，更加重要的是拥有一种古典的气质，即严谨、理性和典雅。

说到严谨，我想任何一位读完小说的朋友都会惊叹于这部作品宛如无数齿轮构成的精密仪表，虽然错综复杂，扑朔迷离，但却环环相扣，一丝不苟，从步入山庄的那一刻开始，杀机四伏，暗流涌动，除了显而易见的线索之外，看似不经意的落子和闲琴，却无一处冗语，直到揭开谜底的一刻才发现是令人拍案惊奇的重要伏笔。极为难得的是，小说中出现了华语推理罕见的多重推理，正如作者借方雨凝之口所言，"根据某个线索进行推理可以得出一个结论，使用另一个线索作为出发点时可能又会得到另一个，想要确定真正的答案，只能找到足够的证据来证明或者证伪……我们所谓的逻辑推理并不是逻辑学里的演绎推理，而是将各种可能性枚举出来，再利用排除法排除不可能，最后再根据可能性的大小来得出近似结论。"在细密地将每一个犯罪嫌疑人作案的每一种可能详加分析之后，最终剑锋所指，却是令人惊愕不已的真相和真凶。倘若逻辑流的最高境界是"秀逸"，我想这本书就是对"秀逸"二字近乎完美的诠释吧！

说到理性，全书始终洋溢着一种温暖和从容的气质，没有声嘶力竭的吼叫，没有涕泪滂沱的号啕，甚至在追究一切悲剧的根源时，口吻也是平静的，"逻辑推理的确是通向真相的路径，但是逻辑并不是万能的，特别是在人与人的关系上。逻辑能解决的只有冷冰冰的东西，而人心是温暖的，人的心没有办法靠逻辑来推理。"在动辄以煽情为能事的年代，这样的作品实属难得一见，如果说最好的悲剧演绎是哀而不伤，我想这本书是达到了这个水准的。没有人说推理小说不可以描写丰富的情感，但丰富不等于癫狂；没有人说推理小说不可以审视现实问题，但审视更应该审慎。我始终认为，在推理小说中，无论凶手、受害者还是路人，都可以深刻地介入生活，但侦探本人，哪怕是硬汉派笔下的侦探，也必须有一份独得的冷静和克制，这种从杜宾、福尔摩斯、波洛一直沿袭到马修和加贺恭一郎的气质，应该成为以"推理"冠名的文学类型特有的传承。

说到典雅，不能不提及书中自始至终贯穿的艺术气息，除了优美如散文诗一般的文笔之外，无论是川端康成的《雪国》、谷崎润一郎的《阴翳礼赞》和三岛由纪夫的《丰饶之海》，还是亚瑟·休斯《四月之爱》、莫奈的《穿日本和服的卡美伊》和葛饰北斋的《神奈川冲浪里》，无时无刻不体现出作者的艺术涵养，并借此来穿插情节、铺陈背景、塑造人物，甚至连乘车前往山庄的路上，回响在车里的也是舒伯特《天鹅之歌》中的《小夜曲》，"在这样的雪白天地里听着悠扬舒缓的音乐，仿若真的看到一只只白天鹅整齐地从身边游过"。联想到后文，这些纯白如雪的天鹅所要揭开的是一场纯白如雪的杀戮，心中更觉凄恻……坦率地说，近年来，原创推理创作中出现某种"爽文"化的倾向，为了追求所谓的"流畅"，不惜把作品应有的文学性视为阅读的障碍，必欲除之而后快，并对一切严肃和经典的作品嗤之以鼻。我深知此种倾向在相当长一段时间里还会大行其道，就像《指环王》重映后被打出的无数个一星一样，但如果放宽历史的视野，大约也可以知道："轻薄为文哂未休"是常态，"不废江河万古流"亦是常态。

当然，古典不等于复古，柳荐棉君在以严谨扎实的创作态度给《纯白如雪》铺上一层经典底色的同时，在案情的构筑、诡计的设置和逻辑的演绎上又处处独出心裁，绝无拾人涕唾的"融梗"和叠矩重规的"致敬"。我想，这一点也是值得所有有志在推理小说上有所建树的作者学习的吧！

写到这里，笔下不免有些伤感。五年过去，新一代原创推理作家们正在遭受前所未有的考验，在市场大潮面前，似乎愈是采用严肃的创作态度和严谨的本格理念完成的作品，愈是遭到冷遇、冷待和冷落，造成这种现象的原因有很多，固然有年轻作者们有时不够接地气等因素（但"接地气"又岂是衡量文学艺术的标准？），客观上也说明国内市场尚无法对推理小说的传承性和多样性有正确的认识和足够的包容。我从来不认为一味地迎合市场是正确的创作态度，而在实际写作中，也不免有些世故的考虑。每每这时，看到柳君在接受访谈时说的"作家应该有的素质是不被外部环境所影响，只写自己想要写的东西"，都不免心生愧意。

在《2017年中国悬疑小说精选》上，柳君曾经给我写过一句题签："已经开始的路，绝不停止！"

时至今日，偶尔和柳君微信聊天，谈起创作中的艰苦和困境，我们还是会用这句话来勉励对方。有时候想，曾经对原创推理有那么多黄金时代的期许，却都不如这一句来得苍劲豪逸——

已经开始的路，绝不停止！

呼延云

目录 Contents

楔子

太阳的第一道光射穿了地平线，洁白无垠的雪地反射着金色的阳光。

一束光洒在男人的脸庞上。这个男人站在窗前，紧皱的眉头显示出内心的复杂。

他的双眼凝视着窗外，视线穿过纷飞的雪花编织成的细密的网，落到更远处无垠的白色雪地上。

平滑的雪地上，有一块非常显眼的隆起。从这个距离看很难辨别，但是，他却清楚地知道那处隆起下面是什么。

那是一个人的尸体。

一切都按照他的计划在执行着，到现在为止没有发生半点差错。虽然如此，他的心里却没有半点计划成功的喜悦。实施犯罪前狂跳的心此刻已经完全平静下来，心中只剩下一丝莫名的哀伤。

我为什么高兴不起来？他不禁这样问自己。多年来，这个计划已经成为他人生唯一的意义，在终于成功的这一刻，他却只感到一阵空虚，甚至产生一种他本以为自己已经失去了的感情——懊悔。

他本以为自己早已经战胜了心里的道德底线，但是当他对"杀人"这件事产生了实感时，他才意识到自己的内心还存在着一丝人性的悲悯，真不知是该高兴还是悲伤。

这是对她的惩罚。为了稳住心神，他这样提醒自己。她做了不可原谅的事，所以我要给予她最可怕的惩罚。用这么复杂的方式杀害一个人，常人恐怕无法理解，但这是我的偏执。我的前半生对她全部的爱与恨，终于在此刻画上了一个完美的句点。

为了完成这场犯罪，花费再多的精力和金钱也都是值得的。这是犯罪史上最华丽的奇迹，也是对她最合适的惩罚。唯一的遗憾就是没有办法将这个事情记录下来。

"传说啊，背叛了女子之德的女人，会被山神惩罚。山神将她的身体从天空中抛下，在山谷里摔得粉身碎骨……"这是男人从小就听过的传说，然而在今天，这个在小山镇里流传了近百年的民间传说，终于被完整地深绎出来，这是远超人的想象力极限的犯罪，除了神迹之外无法解释。

没人会想到，这宏大的壮举是人类完成的，更不会有人知道制造这场犯罪的人，就是我……

男人缓缓地闭上双眼。他揉了揉干涩的眼角，疲惫感席卷全身。仅仅一整晚没睡，身体就开始发出警报，果然已经不再年轻了。

一个年轻可爱的女子突然出现在他的眼前，那是她年少时的模样。飘逸的长发、淡蓝色的长裙，还有那双闪着亮光的眸子。这曾经让他魂牵梦萦的一切，已经成为他痛苦的来源，不得不被他亲手摧毁。

与她度过的快乐时光，就像放电影一般一幕幕出现在眼前。男人的胸口隐隐作痛，愤恨和愧疚一起折磨着他。

为什么要背叛我？男人无数次在心底发问。没错，我沉迷于事业，对你疏于关心，这的确是我的错。无论何时，我一直相信我们的爱足以填满所有孤独的时刻，我也曾以为你也一样。正因如此，你的背叛绝不可原谅。而我犯下的罪，就用我的余生来救赎吧。

想到这里，男人猛地睁开眼睛。

太阳已经完全摆脱地平线，肆意地放射出耀眼的光芒。

这光芒就像初次见她时从她眼中看到的那道光，仿佛能够照亮世间的阴暗、洗濯全部的污浊、宽恕所有的罪孽。

细密的雪花还在飘着，完全不知道雪下所隐藏的罪恶……

第一章 前奏

Chapter one

*本书章节名来源于李斯特钢琴练习曲曲名。

1

一九九七年初秋的一个清晨。

吴朝明刚刚过完十六岁生日，这是生日后他第一次来集市。他穿着新买的布鞋踏入被露水浸湿的草地，从脚底感受到了秋日的凉意。

"不要乱跑，前面就是集市了。过来，不要弄脏了鞋子。"

听到母亲的呼唤，吴朝明乖乖地从草地走上大路。今日是期盼已久的赶集日，他心情非常愉快，攒了许久的零花钱就在口袋里，终于可以买下一周前在旧书铺里看到的那本书了。

两人继续走着，快接近集市时，周围明显嘈杂起来。

吴朝明与母亲约定好一小时后在集市的出口再见，便独自一人踏上了去旧书铺的路。

吴朝明上周逛旧书铺时看中了一本新进的书，是川端康成的《雪国》。他捧在手里爱抚良久，淡蓝色的光滑封面摸起来就像婴儿的面颊。虽然爱不释手，但新书的售价却是吴朝明无法承受的。他平日阅读的书籍来源有两种，一种是父亲的藏书，另一种则来自偶尔来家里拜访的小学老师。吴朝明的父亲支持他多读书，但并不会专门给钱让他买书。父亲常说："拿自己饿肚子攒下来的钱去买书，买回来才不会放在柜子里积灰。书买多了，看的欲望就小了。"吴朝明对父亲的这番话记忆犹新，并一直充满了感激。这可能是父亲对他说过的最有道理的一段话，正因为从小受到这样的教育，他才会一直保持着精心选书的好习惯，这也正是他一直对读书保持热爱的重要原因。

想到这儿，吴朝明摸了摸稍有些鼓的口袋，那里放着他一个星期以来从零花钱里省下来的钱，刚好能买一本《雪国》。他的步履越来越轻盈，几乎要跑起来了。

"吱呀"一声推开旧书店的木质门，一股混杂着旧书霉味与花草香味的奇异味道钻进了吴朝明的鼻孔。书店老板是个园艺爱好者，不仅在书店门口的架子上养了几十盆各种各样的花草，还在店内几个没放满书的书架里摆了三盆室内观赏植物。清晨的旧书铺几乎没有客人，老板正站在书架前，满脸悠闲地修剪着一盆红色天竺葵，在秋天的北方难得看到如此鲜艳的色彩，吴朝明的心情立刻变得愉悦起来。

"陈叔，早安！"

"你来啦。"店主陈老板笑呵呵地招呼吴朝明。他的年纪看似和吴朝明的父亲相当，但因为常年不干农活，皮肤并没有晒黑，皱纹也不多，所以大概实际上比吴朝明的父亲年纪要大几岁吧。东北乡镇的习俗对于长幼辈分十分重视，对年纪比父亲小的男性要叫"叔叔"，年纪比父亲大的叫"大伯"，这是吴朝明从小受到的礼仪教育。陈老板对此并不以为意，他从不告诉吴朝明他的年龄，只要求吴朝明叫他"叔叔"，说这样显得他年轻。

"这花开得真好呀！"吴朝明由衷地赞叹道。

"是啊，这个季节也就只有我这儿能看到这么鲜艳饱满的天竺葵了。"

陈老板的声音里充满骄傲，望向天竺葵的双眼满是慈爱，好像在看着自己的孩子一样。

欣赏了一会儿盆栽，吴朝明连忙把视线转向熟悉的架子上，目光滑过一个个精美干净的书脊，寻找自己想要的那本。

"陈叔，一周前那本《雪国》怎么不在了？"在记忆中的位置没有看到朝思暮想的《雪国》，吴朝明像是突然被当头泼了一盆冷水。

陈老板长长地"哦"了一声，眼神也落在吴朝明看着的书架上，然后想起什么似的快速说道："那本已经卖掉了，就在几分钟前。"

"卖掉了？"吴朝明惊讶地重复道，然后低下头，心情变得十分复杂。这也不能怪陈老板，他并没有拜托陈老板帮自己留下这本书，所以卖掉也合情合理。

陈老板好像看出了他的心思，停下手头的工作，诚恳地说："抱歉，我看你之前在那本书前站着看了很久，最后没买，心想你一定是要攒钱来买，所以把那本书在库房放了一周。今早起床又想起那本书，想着我这小书铺没什么顾客，就算摆在架子上也没人会买，而且你又没有明确说要我帮你留，特意放起来说不定是我自作多情了。所以我就把那本书重新拿出来放到架子上。没

想到就在刚才，一个跟你差不多年纪的女孩子来这里，一眼就看
中了那本书，我心想或许这就是缘分吧，便没什么顾虑地卖给
她了。"

"缘分吗，说得也是。也许我和那本书注定没有缘分。"

老板见吴朝明的表情有些落寞，忙指着柜台旁的书架说：
"你看那边的书架上又新进了几本书，里面有两本你最喜欢的那
位作家。"

"是谷崎润一郎吗？"

吴朝明说着，略感窘迫，因为谷崎的小说里的猎奇描写是出
了名的少儿不宜，老板却好像并不在乎。门边有个挂着"新进图
书"牌子的书架，吴朝明走上前驻足观看。这牌子上的四个大字
是老板用毛笔书写在木板上的，虽然经年累月木板已经泛黄，这
几个字依然苍劲有力，让吴朝明每次看到都暗暗赞叹。

果然，架子的第一排就摆放着两本白色书脊的新书，和吴朝
明之前买的《细雪》是同一个系列。

悲伤的心情一下子平复不少，吴朝明从书架上将两本书取下
来，小心翼翼地翻开。大致翻了几页，他不舍地将其中一册放回
书架。

"老板，我买这本《阴翳礼赞》。"

吴朝明把数好的钱放在柜台上。老板接过后并未清点，直接
放在左边的抽屉里，然后熟练地从右边的抽屉里抽出一个薄薄的
新塑料袋。他撑开印有"陈氏书屋"字样的袋子，小心翼翼地把
书装了进去。

"谢谢惠顾。"

陈老板微笑着把袋子递给吴朝明。

出了书铺的门，清新的空气扑面而来。吴朝明在书铺旁边的冰淇淋摊上买了个冰淇淋，边吃边在集市里闲逛起来。

入秋的集市上摆满了邻近镇子运来的农产品和日用品，比起一周前要丰富许多。连平日少见的青花鱼都出现在了鱼市。北方小市远离大海，平日很难见到海鱼。

鱼市是用朱红色的破旧帆布靠墙搭起的简易棚子。这里是公用的摊位，墙上还留着一些之前的摊贩用粉笔写下的歪歪扭扭的字迹，那些字迹被随意抹掉后，写上了又大又丑的"鱼"字。棚子里光线很暗，水汽伴着鱼腥味钻入吴朝明的鼻孔，加重了这阴暗环境的压迫感。借着棚子与棚子的缝隙间漏出的微光，他茫然地盯着白色箱子内闪闪发光的鱼背。

"哇，这里还有鲅鱼！"

不知哪里传来清脆的少女声音，正在低头看鱼看得出神的吴朝明想都没想就搭话道："这不是鲅鱼，是青花鱼啦。"

话一出口，吴朝明便开始后悔自己的失礼。吴朝明素来就不擅长与人交往，连每天都见面的同学也只是点头示意，从不多说一句闲话。现在他竟然鬼使神差地与陌生人搭讪，究其原因，只能说是一时的欢快和轻松让他对自己的言行失去了控制。

吴朝明非常懊悔。但他并不知道的是，此时不经意的搭讪正是他青春时代最为重大的一个转折点。几十年后，这一幕成了他最常回忆起的场景。甚至到了晚年他罹患肺癌，每天在止痛药制造的幻影里撑过化疗的痛苦时，也时常会在半梦半醒中看到接下来的这个画面。

吴朝明的声音并不大，却足够被发出疑问的少女听到。站在吴朝明前面的少女充满好奇地转过头，有些疑惑地环视一圈，视线很快落在吴朝明身上。与少女落落大方的态度相反，吴朝明羞怯地低下头。

"你好厉害啊，连鲅鱼和青花鱼都分得清楚。那么这两种鱼有什么区别呢？"

周围行走的客人并不多，少女一眼就看出搭话的人是吴朝明。他已经没办法装作若无其事地转身离开了。面对少女满怀好奇的追问，他只好把自己在动物百科全书上看到的知识一股脑儿讲了出来。

"青花鱼背上有条纹，而鲅鱼背上有黑色斑点。这……这是最明显的区别。"

因为紧张的缘故，原本说话就有些含混的吴朝明变得更加口吃。然而吴朝明却不知道，这种窘迫反而使得他原本瘦削得有些病态的惨白脸庞开始泛红，逐渐有了血色，在外人看来比之前更有阳刚之气。

"啊，原来还有这种简便的区别方式，我一直以为它们是同一种鱼呢。"

少女拍着手赞扬道。接着，她的视线重新回到鱼身上，认真得有些出神，似乎在验证吴朝明所说的是否正确。

吴朝明这时仔细打量起眼前的少女。少女戴着金丝边眼镜，在太阳的照射下闪着金属的光芒。脑后的发髻上斜插着淡红色的山茶花发簪，没有戴帽子，乌黑的发梢散乱地披在白皙的脖颈间，有几根消失于洁白的纱巾处。纱巾下是淡蓝色的连衣裙，裙摆和袖口都镶嵌着紫色的花边。裙子与少女柔美的身线紧紧贴合在一起，吴朝明眼中仿佛看到一朵被淡蓝色花苞紧紧拥住的花蕾。她的左手不由自主地玩弄着白色格子纱巾的下摆，饶有兴味地打量着保温箱中的鱼儿，仿佛在看什么新奇的玩具，这种满怀好奇的表情让吴朝明一下子察觉到了两人之间的距离——在她高贵的眼里，我也和这些鱼儿一样是低等生物吧。忽然产生这种近乎自虐的自卑想法，连吴朝明自己都吓了一跳。

冰冷的蓝色和高雅的气息让人难免对她产生敬畏之心，然而在吴朝明眼里，这一切使得她脸上露出的孩童般的欣喜显得更为活泼可爱。那姿态让他想起了拉斐尔前派画集中的某幅作品，画中是一个被初次求爱的女孩和她的笑容。那幅画叫什么呢？吴朝明绞尽脑汁也记不起那幅画的名字，只记得在那本书上，女孩紫色的衣裳被解读为"用冷色调凸显少女的可爱"。对绘画艺术缺乏感受力的吴朝明在当时并不能领会那句话的含义，这一瞬间却突然懂了。

"你……你的裙子真好看。"

"谢谢。是姑母从法国寄来的生日礼物，她特意请法国的服装师为我设计的，我自己也很喜欢。"

少女露出自信的笑容，短短的对话已经让吴朝明意识到两人地位的悬殊。

这恐怕是城里哪位富商家的千金。这样高贵的少女为何会出现在四平市的集市上呢？吴朝明不禁怀疑眼前的少女是自己幻想出来的。

"我叫方雨凝，下雨的雨，凝固的凝。你呢？"

"我叫吴朝明。朝阳的朝，明亮的明。"吴朝明怯怯地说。

"真是一个好名字。你好博学啊，明明看起来和我年纪差不多。"

方雨凝的语气非常真诚，这让吴朝明更加不好意思。

"哪里哪里，只是碰巧知道而已。"

吴朝明的这句话发自内心，但在少女眼里却以为他是在自谦，便没有继续称赞他。

"你要买这条青花鱼吗？"

"我想买……但是我不知道自己口袋里的钱够不够。"吴朝明下意识地拍了拍裤子的口袋，买了一本书之后口袋变得瘪瘪的，大概已经不够买一条青花鱼的钱了。

"虽然这样说很失礼，但我想应该是不够的。"方雨凝歪着头，若有所思地说道。

吴朝明的表情稍微有些狼狈，他没想到少女居然会说出如此直白的话语。眼前的少女难道是那种瞧不起普通人的有钱人吗？虽然从她的衣服和饰品判断，她的确有瞧不起自己的资本，但吴朝明却不免有些失望。

看到吴朝明的表情，少女连忙解释道："你误会了，我并没有别的意思，我只是知道你口袋里有多少钱，所以才这么说。"

方雨凝的解释让吴朝明愈加困惑了。

"你是说你知道我口袋里有多少钱？"

"是的。"

"可是你又没有翻过我的口袋，我也没在这里拿出口袋里的钱买东西，怎么可能知道我身上有多少钱呢？"

女孩神秘一笑。这一抹自信的笑容让吴朝明感到一阵晕眩。

"告诉我这个答案的，是我的好朋友——逻辑。"

"逻辑？"

"就是逻辑推理啦。举个例子，你知道我是谁吗？"

方雨凝一下子把脸凑到吴朝明眼前，近得可以令他闻到她呼吸里香甜的气味。她白皙而可爱的脸上带着恶作剧的笑容。从没有和女孩子这样接近过的吴朝明一下子涨红了脸，慌了手脚。

"不……不知道。"

"但我知道你是谁。你爸爸是西平镇的镇长吧？"

"你……"吴朝明还没来得及问出"你怎么知道"，方雨凝便打断了他，继续说道："很神奇吧，这就是推理。"

"逻辑推理吗？听起来很神秘。"

"是的，根据眼睛观察到的、鼻子闻到的、耳朵听到的、身体感觉到的一切，用逻辑推演出未知的结论，这就是推理。"方雨凝眯起眼睛，脸上露出了神往的表情。

"……不就是靠猜吗？"吴朝明小声地说。从外表高贵的方雨凝嘴里说出如此幼稚的话让他始料未及，所以情不自禁地说出了心里话。

"看你一脸不屑的表情，一定在心里嘲笑我的想法很幼稚！"

方雨凝噘起嘴，露出不悦的神色。

"没有没有，怎么敢。只是你所谓的推理，是从《福尔摩斯探案集》之类的小说里学来的吧？这种书说到底就和童话一样，里面的人物都被神化了，没有任何真实性。"

吴朝明有些后悔自己的话是不是说重了，方雨凝却完全没有生气的样子。

"既然这样，只好稍微给你展示一下了。"方雨凝顿了顿，继续说道，"我们打个赌吧，如果我能推理出你口袋里有多少钱，那就算我赢了，反之就是你赢。"

"好，赌注是什么？"吴朝明觉得方雨凝提出的赌局实在是天方夜谭，即使是福尔摩斯本人来了也不可能猜中素昧平生的人口袋里有多少钱。

"输的人必须答应赢的人一个要求。当然，这个要求不能太过分。"

"成交。那么，请你现在说出你的推理吧，我的口袋里有多少钱呢？"

吴朝明屏住呼吸，两只眼睛盯着方雨凝白皙的脸上那樱花般粉红的唇瓣，刹那的安静让他的心情不由得紧张起来。

粉红的两瓣樱花上下开合，清澈剔透的声音缓缓响起。

"三角一分。"

吴朝明愣住了。

下一秒，他失声惊呼道："怎么可能！"

"这就是推理。"方雨凝若无其事地回答道，但是推眼镜时的神情难掩得意，吴朝明惊讶的表情已经证明了她的答案是正确的，然而她却丝毫没有流露出意外的神色。

"能不能说说你是如何猜到的？"

"并不是猜哦，是推理。"方雨凝的表情变得认真起来，"关于我为何知道你是西平镇镇长的儿子，其实我在半小时前曾经去集市的旧书铺买了一本书。"

方雨凝从手包里拿出一本淡蓝色封面的书，吴朝明看到差点惊呼出声。那正是让他魂牵梦萦的《雪国》。

"大概是因为顾客比较少吧，老板很健谈，买书时他跟我聊了很多。他说这本书一周前有个跟我差不多年纪的男孩子来，爱不释手。我很好奇，便问老板他那么喜欢为什么没有买下来呢？老板说，那个男孩虽然是西平镇镇长的儿子，却非常懂事，买书都靠平时攒零花钱，不会对父母多要一分钱的。他又和我说了很多那个男孩子的事，说他喜欢日本作家的小说，等等，还指着新书架子跟我说，那两本白色书脊的书是那个男孩子最喜欢的作家写的，如果他来了一定会买下的。"

"那你是如何确定那个男孩就是我的呢？"

"刚开始见到你时我并没有发现，和你聊了几句之后才渐渐意识到。我认出你手里拿的塑料袋是那家书店特制的袋子，而透过袋子看到里面书的封面，正是老板所说的两本新书中的一本——《阴翳礼赞》。于是我猜测你很有可能是老板口中的那个男孩子。我试探性地说出你的身份时，你的表情就已经暴露了。

那一刻，我的猜想就得到了证实。"

"可就算你知道了我是谁，又和我口袋里有多少钱有什么关系呢？"

方雨凝的脸上带着闪亮的自信表情，吴朝明忽然觉得她和刚刚矜持的大小姐判若两人。在吴朝明眼中，她现在认真解谜的状态更加迷人。

"只是很简单的数学计算。你既然时隔十天又来到四平市，并且去了那家旧书铺，肯定是攒够了钱，来购买《雪国》。从我刚刚遇到你时你脸上失望的神色不难推断，你知道心爱的书被人买走后非常遗憾，这也侧面证明了你进入书店时口袋里的钱应该足够买这本书，所以得知它被人买走后才会如此难过。综上，我得出了第一条信息，你口袋里的钱一定大于或等于《雪国》的书价，也就是九角五分。

"然后我注意到了你手里的袋子，袋子里只有一本《阴翳礼赞》。根据老板的描述，你对这本书的作者非常痴迷，每次新出的书必然会买。那么新书明明有《阴翳礼赞》和《痴人之爱》两本，为什么你只买了一本呢？

"唯一的理由是你手中的钱不足以把两本书同时买下，只能选择一本。那么我就得出了第二条信息，你手中的钱一定小于两本书的价格之和。我刚好在书店里分别翻看了两本书，我的记忆力出奇的好，所以定价记得很清楚。《阴翳礼赞》的定价是五角四分，《痴人之爱》的定价是四角五分，两本书的总价是九角九分。综合前两条信息，你手中原本有的钱一定是九角五分，九角六分，九角七分，九角八分这四种中的一种。

"那么买下《阴翳礼赞》这本书后，你手中的钱应该是四角一分，四角二分，四角三分，四角四分这四种中的一种。而且我还发现你装书的袋子上沾着一点点淡黄色的东西，那应该是你吃冰淇淋的时候不小心淋到的吧。冰淇淋摊子在书铺旁边，一角钱一个，除去冰淇淋的钱，你口袋中应该剩下三角一分，三角二分，三角三分或是三角四分这四种中的一种。"

"等一下。"被可爱的女孩子看到吃冰淇淋淋到袋子上，实在是非常丢脸的事，吴朝明的脸因此而涨得通红，"你如何确定我一路上没有买其他的东西呢？如果我买的东西是即食的食品，如冰淇淋和糖果，吃完就可以扔掉包装袋。买了吃掉后扔掉包装，你就完全看不出痕迹了。"

方雨凝露齿一笑，似乎早就料到吴朝明会这样问。

"低头看看吧，你的鞋子上有黄色的沙子。"

吴朝明顺从地低下头，只见鞋子的边缘的确沾了一些细小的黄沙颗粒。

"这只是随处可见的黄沙，我从镇里到市上的路有土路，可能是那时候沾上的。"

"并不是。你脚上的沙子非常细腻，和随处可见的黄土不同。这种沙子是用来养殖爬虫类动物的，你一定是经过了爬虫类宠物店，才会踩到这种细沙。这个集市呈环形，也就是说从书铺到这个鱼市有两条路可以走，而其中只有一条路上有爬虫类宠物店。很遗憾，从书店到鱼市这一条路上你经过的店家分别是一家肉铺、一家冰淇淋店、三家水果店和两家蔬菜店。除了冰淇淋店外，并没有任何可以买到即食类食品的地方，你在这些店里任何一家买了东西，都会带在身上。综上所述，你在到鱼市的路上只买过冰淇淋。"

方雨凝一边在空中画着圆圈，似乎在画自己心目中的示意图，一边用认真的语气说出这些话。

"就算是这样，还剩下四个可能呢。"吴朝明被方雨凝的情绪感染，也不由得认真起来。

"还缺少最后一个关键条件。你刚刚说口袋里的钱可能不够时，下意识地轻拍了一下口袋，这就是最后一个条件了。"

吴朝明依然一头雾水。"这个动作有什么奇特之处吗？"

"动作本身倒是没什么，但是你拍击口袋时我刚好非常认真地听着，没有任何金属撞击的声音。现在流通的分币只有硬币，所以如果你口袋里有两个或者以上的分币，在拍打时肯定会发出或多或少的金属撞击声音。而且你的口袋松垮垮的，如果里面有两个硬币，走路时应该也会有撞击声，但我从头到尾都没有听到过这种声音。所以你的口袋里不可能有多于一个的硬币，只有两种可能：你的口袋里没有硬币或者只有一个硬币，这就是第三个条件。结合三个就可以得出结论，你口袋里的钱数只能是三角一分。"

方雨凝的表情变得柔和起来，渐渐露出微笑。吴朝明还沉浸在方雨凝刚刚的长篇大论中，意犹未尽地还原整个过程。意识到整个过程无比严谨之后，他不由得为自己刚才轻视方雨凝的推理能力感到懊悔。

"你真厉害……"

听到吴朝明的赞赏，方雨凝大方接受，这种坦然让天性自卑的吴朝明对她愈加钦佩。

"对我来说只是很简单的事情而已。那么你现在，该履行赌约了。"

"你要我做什么呢？"吴朝明一脸大义凛然。

"我要你接下来和我做同样的表情。"

吴朝明疑惑地点头答应。

方雨凝与吴朝明对视着，嘴角渐渐扬起。

吴朝明也学着她，嘴角僵硬地上扬。

两人对视了一会儿，方雨凝终于忍不住，"扑哧"一声笑了起来。

"你笑起来不是很好看吗？干吗总是一副忧伤的样子。"

方雨凝的话让吴朝明的心剧烈地颤动着。他连忙低下头，不想被方雨凝看到他的表情。

原来那个赌局只是想让我笑一下吗？这个女孩到底在想什么，完全不是常人的想法。

明明我只是一个无足轻重的人。

"我的母亲曾经对我说过，"方雨凝转过头去，眼睛看向半空中的朝阳喃喃说道，"真正美好的东西，是向着太阳的。"

吴朝明顺着她的视线也向太阳望去，那是他从未见过的景色。虽然每天都在看着日出日落，按照时间生活，但他从未认真地用心去感受太阳的温度，从未体验过如此明亮的光芒、如此炽烈的温度，那光像是要驱散他心底所有的阴霾。

方雨凝看了一眼手表，轻松地说道："时间差不多了，我要走了。"

她说完这句话，干脆地转身离去了。

"喂！"吴朝明慌乱地叫了一声，但是他并没有想好要说的话，只是觉得不想就这样失去眼前的那道光。

此时应该说些什么呢？虽然方雨凝只在他面前不到一米的地方，两人的距离却像地球到太阳那样遥远。

方雨凝转过头看着吴朝明，脸上露出疑惑的神色。

"啊，这本书借给你，下次还给我吧。"

方雨凝把手袋里的《雪国》拿出来，递给吴朝明。

吴朝明的脑袋已经被"下次"这个词占据，无法思考其他的事了。

"我们还有机会再见面吗？"

方雨凝嘴巴微微张开，像是预备说些什么。吴朝明多么希望她能给出肯定的答案，虽然他知道那可能只是自己无谓的幻想。

正在这时，一个穿着棕色中山装的中年男人向这边走近，两人的目光一同被吸引了过去。

"父亲。"方雨凝轻声叫道。

"走吧，突然有些工作要回去处理。"

被方雨凝称为父亲的男人看起来比吴朝明的父亲要年轻得多。脸颊上没有什么皱纹，胡楂儿修剪得看不到痕迹，黑色油亮的头发整齐地向后梳，看起来就和二十岁一样浓密。

虽然是第一次在书本外见到如此高雅得体的中年绅士，吴朝明却没办法产生好感，只有些畏惧。他依旧期待着方雨凝的双唇再次开启，把刚刚没有说出口的话说完，然而少女却顺从地挽着父亲的手臂转身离去了。

吴朝明呆呆地目送着那淡蓝色的背影远去。

2

从十一岁开始，吴朝明就经常做同一个噩梦。

梦里的女人披头散发，发出尖厉的号叫声。她穿着白色连衣裙，皮肤也是雪白的，以至于裙子看起来像是身体的一部分。黑色的头发上冻结了白色的雪块，一串串附着在发丝上，就像冬天松树上的树挂。

吴朝明看不清那女人的脸，奇怪的是，却能感受到她充满压迫感的视线。雪一般的冰冷渗入他每一个毛孔，让他整个身体仿佛都被冻住，动弹不得。

紧接着，女人在他的面前瞬间消失。

吴朝明低头向下看去，那个女人在自己的下方，很遥远的地方，全身摔得粉碎。

这个女人是被我推到山下的吗？吴朝明感到一阵呕吐的冲

动，拼命想把头抬起，却发现自己做不到，他的行动并不受自己的控制。

每次从这个噩梦里醒来，吴朝明都觉得自己全身遍布寒意。刻骨铭心的寒冷经常从心底发出，蔓延到全身，数日不散，让他在白天也精神恍惚。

关于这个噩梦的起源，吴朝明记得很清楚，那是十一岁那年冬天的事。

那天夜晚吴朝明发了高烧，躺在床上，脸向着窗户，半梦半醒之间看到窗外飘着纸屑般密集的雪花，天空中高高悬挂着巨大、冰冷而又饱满的白色圆月——那是他记忆中那晚唯一现实的图景。后来他向刘蓝平讲述他的记忆时，后者反驳他，在北方冬日的暴雪夜，怎么可能清楚地看到月亮呢？密集的雪花和厚重的乌云早已经把天空遮蔽得严严实实，假使那晚的确是月圆之夜，恐怕也只能望见朦胧的月影吧。

刘蓝平的话让吴朝明有些恼火，他认为自己讲述儿时回忆的行为是将自己心里最柔软的一部分展示给刘蓝平，这意味着他已经将刘蓝平视为挚友了。然而，刘蓝平却用他毫无想象力的脑袋伤害了他的真心，这让吴朝明很失望。

吴朝明再没向任何人讲过那晚的场景。很久之后，连他自己也开始疑心起来：那晚我高烧到昏迷，怎么会有如此清晰的记忆？那个巨大而明亮的月亮，真的存在吗？抑或只是我高烧中做的一个梦。

随着年龄的增长，吴朝明对自己的记忆愈加怀疑起来。虽然不愿意承认，但这也许与他内心深处对那晚听到的事实发自内心地恐惧密不可分。他的内心深处试图否定那晚的真实性，这是一种逃避行为。那晚他所听到的父亲的自白，远远超过巨大月亮带给他的冲击。父亲说的那些话他没有向任何人讲过，包括刘蓝平。

那时的灼热感时至今日依然无法忘怀。

高烧使得吴朝明躺在炕上没办法转身，炎热的感觉从炕直逼入他身体的最深处，然而他却没有一丝汗液浸出。他感觉自己正在被蒸馒头的大火炉炙烤。

父母在外屋小声交谈着。当天早些时候，两人将生了病的吴朝明交给他的姥姥照顾，叫了镇里最快的车夫载着他们出去，回来时已经是傍晚。吴朝明看不到他们的表情，也听不清他们交谈的内容，但他能感受到屋内气氛的焦急和压抑，而且那种压抑并非来源于自己的病——他俩好像完全没有在意生病的自己，这个发现让吴朝明悲伤的同时感到非常委屈。

突然间，原本听不清的对话声中，传来一句极清晰的话。就好像十里之外窃窃私语的人，突然趴到他的耳边对他说话一样。

吴朝明听得出是父亲的声音。

"那个女人……在雪山里摔死了……"

这一句话，让原本燥热难耐的吴朝明打了个激灵，全身寒冷，宛如掉入冰窖。窗外的暴雪愈来愈大。年代久远而有些漏风的玻璃窗边缘贴满了塑胶薄膜，用来抵御从缝隙中钻进来的寒风。此时塑胶薄膜的边缘发出"刺啦刺啦"的声音，窗外的风声如同女人的呜咽声一般尖厉刺耳。那声音不断盘旋，时高时低，时远时近，吴朝明感觉自己仿佛就要被这狂风卷走，被丢进室外冰天雪地的无限寒夜中。

这就是吴朝明噩梦的源头。从那以后，他再没听父母提起过那个摔死的女人，他自己也没有勇气问起。唯一让他久久难忘的是那晚父亲说的话。那语气丝毫没有旁观者的淡定，分明是一种身临其境者发自内心的恐惧。吴朝明本能地察觉，父亲一定与那女人的死直接相关，所以当时的他语气里才会充满愧疚和懊悔。噩梦中那真切的感觉，让吴朝明怀疑自己梦到的正是父亲亲眼所见的景象。这么清晰的画面，如果不是站在尸体近处是看不到的，甚至可能，推那个女人下山的就是父亲本人……

如果不是因为总做噩梦，在梦里无数次地重复那个场景，或许吴朝明很快就把当时听到的话遗忘了。然而每当他快要忘记时，总会再次重复那个噩梦——全身雪白、披头散发的女人……

这是遮蔽吴朝明整个童年的巨大阴影，也是他和父亲之间横亘的一道厚重的高墙。

十四岁那年，父亲意外地获得了镇委会的多数选票，当上了镇长。他是西平镇历史上最年轻的镇长。西平镇并不富裕，但是人口众多，就算是年幼的吴朝明也明白这个职位的意义。

他还记得父亲当选镇长那晚，一直表情严肃的父亲破天荒喝多了酒。他的酒量并不好，三杯白酒下肚就神态迷离，拉着吴朝明的手眉飞色舞地讲人生道理。

"人啊，就是要向上爬……要想成为人上人……必须心狠……"

父亲带着骄傲的表情说出这句话，他脸上的得意在吴朝明眼中却是那样丑陋而陌生。

"你喝多了，说什么呢？"母亲在一旁拉住父亲，试图阻止他继续说下去。

"别管我。我教育儿子呢！"被打断的父亲不悦地挥动手臂，把母亲推开。突如其来的力道让母亲失去平衡，一下子栽倒在地。父亲却完全没有看向母亲那边。他若无其事地转过头，用巨大的力气捏着吴朝明的双肩，满嘴的酒气扑到吴朝明的脸上。

"听好了，儿子，将来……你要比我爬得更高！"

吴朝明木然地点着头，眼睛却看向母亲的方向。从他的角度看不清母亲的表情，但是他很确定，当时母亲的确是哭了。

从那天起，吴朝明就在心底种下了一个愿望：总有一天，我要离开这个家。

3

一个学期就这样过去了。炎热的夏天刚过去没多久，一转眼就是冬天。学期结束，吴朝明完成几门简单的考试，寒假就到了。

"你最近变得积极了，是遇到什么好事了吧。"

放学后，刘蓝平用一种看透一切的语气这样说。

吴朝明默默地拿起背包，将书桌里所有的东西一股脑儿塞了进去。

"不好意思，我就是随口一问，你不想说也没关系。"

看到吴朝明神色有些不悦，刘蓝平立刻为自己的冒失道歉。

刘蓝平并不如吴朝明一般博闻强识，但是他却拥有这个年纪的孩子所不应该有的察言观色和为人处世的能力。吴朝明常觉得刘蓝平和自己的父亲很像，都是天生的管理者。与父亲不同的是，刘蓝平待人时的客气、和蔼是出于善良而不由自主地为他人着想，并非为了自身的利益。这也是天性敏感、对其他人的话非常在意的吴朝明，唯独乐于与刘蓝平交往的原因。

刘蓝平长得黑瘦，个子不高，脸也并不帅气，甚至可以说有些猥琐。最初认识刘蓝平时，吴朝明看面相觉得他一定是个奸猾之人，所以并没有与他深交的想法。然而刘蓝平察觉到吴朝明的孤独，总是装作若无其事地与吴朝明搭话，久而久之吴朝明才意识到刘蓝平的善意是出自他那与生俱来的热心肠，这让吴朝明对自己之前草率的判断感到十分愧疚。

吴朝明打开自己的笔记本，翻到扉页，展示给刘蓝平看。

刘蓝平看到上面贴着从画册上剪下来的一幅画。贴画的边缘裁切得非常整齐，如果不仔细看还以为是直接印在笔记本上的。画的主体是一个穿着淡紫色长裙的少女站在花丛里，面带微笑，看起来非常欢快。

"这是……"刘蓝平露出困惑的表情。

"这幅画的名字是《四月之爱》，作者是拉斐尔前派画家亚瑟·休斯。"

"的确是很美的女孩呢。"

"是啊，你也很喜欢吧。"

听到好朋友由衷的赞赏，吴朝明的脸上露出了愉快的微笑。刘蓝平也笑了。

"你真的变了，朝明。以前的你是不会喜欢这种东西的。"

"你的话很奇怪。如果是以前的我，会怎么说呢？"

"你大概会说完全不觉得这个女孩子可爱吧！"

刘蓝平的语气看似在打趣，吴朝明却很清楚如果是从前的自己，的确会这么说。他的脸腾的一下红了起来，低下头，说不出反驳的话。

"真正美好的东西，是向着太阳的。"

吴朝明小声地说出这句话，好像自言自语般。刘蓝平听到后欣慰地笑了。

"你居然会说这么有哲理的句子，看来我要对你刮目相看了。"

"你的意思难道是我以前很蠢吗？"吴朝明假作生气状，手伸进刘蓝平的腋下搔起来，刘蓝平痒得如鲤鱼般摆动着身体，立刻张口求饶。

"我错了，我说错了。吴老师一直都这么有才华！"

"吴老师"是刘蓝平平时调侃吴朝明所用的称呼，用来讽刺吴朝明故作高深、好为人师的样子。听了这话，吴朝明左右手并进，搔动的手变本加厉，刘蓝平差点痒出眼泪。

终于，吴朝明累得上气不接下气，刘蓝平挣扎得也累了。两人安静下来，才发现教室里其他同学都已经回家了。

"蓝平……"等到气息平稳后，吴朝明用有些嘶哑的嗓音问道。

"嗯？"

"你相信命运吗？"

吴朝明唐突地问出这个含义深刻的问题，刘蓝平不假思索地回答。

"我相信。或者不如说，我们的一生所遇到的一切都是命运的安排呀。"

"太唯心了。"吴朝明嘟起嘴。

"你问出这样的问题，就代表你也动摇了吧。如果是从前的你，绝不会提及'命运'这种词。"

刘蓝平靠在身旁的座位上，懒洋洋地伸着懒腰。

这个懒腰持续了一分钟。终于，刘蓝平摆正身姿，略带不情愿地站起身。

"别想那么多了，我们快回去吧，晚了我妈又要催了。"

吴朝明顺从地背起书包，踏上回家的路，心里却还在想着刘蓝平的话。

如果真的有命运这种东西，那么我和她一定还会再见。

那个让他期盼"命运"存在的女孩……

从和那个女孩子相遇到现在已经过去四个月了。那天吴朝明回到家中，不断回忆着那次相遇，他很后悔当时没有问她要联系的方式，甚至不知道她住在哪里。

现在只能期盼那女孩有一天会心血来潮来找他，她知道吴朝明的父亲是西平镇镇长，所以如果她想要找到他并不难。明知道这是不切实际的幻想，吴朝明还是没办法说服自己认清现实。

"也许下一个周末，她就会来这里找我吧。"带着这样的幻想过了四个月，他才终于意识到那女孩子不可能来找他这个事实。

那么高贵的女孩子，怎么可能会把我放在心上呢，她一定早已忘了我吧。甚至可能已经和门当户对的男人定了婚约，这在大户人家是常有的事。

最近吴朝明常常对着镜子审视自己的相貌：方方的脸型，普通的五官，眼睛比正常人还要小一点，看起来就像文学作品里没有任何着墨的路人角色，就算在下一章节里消失也不会被任何人想起。他从小就对自己平庸甚至有些丑陋的外表感到自卑，后来他终于意识到自己长得像父亲，所以外表在出生之前就已经注定了。从那以后他就对外表释然了，最近重新纠结起这个问题，无非是陷入恋爱中的男子常有的那种敏感心理在作祟。

他总归是怀着一丝幻想的。正是这一丝微弱的幻想使得现在的吴朝明与曾经的他大不相同。现在的他，内心已经有了一轮太阳。那感觉仿佛是旅人经历过暴风雪的黑夜，在浓雾弥漫的清晨，忽地看见地平线上闪出一道微光，紧接着炫目的阳光穿透云层，那热度足以让所有雪花融化成水滴，足以让所有浓雾瞬间冲散。

一个最简单的证据就是，从那天起，吴朝明便再也没有做过那个雪山女人的噩梦。

"如果命运真的存在就好了。"他这句自言自语比想象中要大声，自己听到时竟被吓了一跳。

吴朝明带着心事一路走着，不知不觉就到了家。

"我回来了。"

推开家门的一瞬间，吴朝明察觉到家里的气氛有些古怪。

父亲坐在茶几旁，严肃地看着手里的一封信，从他的表情判断那似乎是很重要的信件。母亲坐在父亲对面，手里织着毛衣，脸垂下来看不到表情。

"羞答答 / 羞答答 / 梦里总是梦见他……"，收音机里正播放着邓丽君的《山茶花》。吴朝明的脑海里忽地出现一朵红色的山茶花，紧接着，那朵花的颜色慢慢变深，质地也变得愈发坚硬，最后变成了一个发簪的样子。

那一天，她戴的就是红色山茶花的发簪。

"儿子，你过来。"父亲低沉的声音让吴朝明从回忆中醒来，不知何时母亲已经停下手头的工作，两只手放在膝盖上。这个动作是她出席正式场合时才有的。吴朝明意识到父亲接下来的话很重要，一下子紧张起来。

吴朝明走过去，父亲轻轻摆手示意他坐在旁边。

"儿子，你今年多大了？"

"我刚刚过完十六岁生日。"父亲不可能记不得自己的生日，这样明知故问让吴朝明对他接下来要说的话愈发感到紧张。

"你这个年纪，该考虑以后的出路了。"

果然是这个话题。仿佛提心吊胆的死刑犯终于被行刑，吴朝明一瞬间得到了解脱。

"这一点我也考虑过，我愿意为了成为父亲的接班人而努力，但是首先，我想至少读完大学。"

吴朝明小心翼翼地说出这句话，谁知父亲连忙摆了摆手，一脸不关心的样子。

"我并不是跟你谈论这个的，我想说的是另一方面。在立业之前，要成家啊……"

父亲的话在吴朝明的心里一下子炸开。原来如此，都忘记了我也要成为独当一面的男人，建立自己的家庭了。按照四平市的传统，男人十七岁以前就要结婚，就算自己要出镇读高中和大学，也是先办完婚礼之后的事。

一直以来，吴朝明都对所谓的"罗曼蒂克"嗤之以鼻，甚至说对女性有一种敬而远之的厌恶感也不为过。父母出于传统观念，从不在吴朝明面前亲近。对于男人和女人结为夫妻、终其一生都生活在一起这件事，他并没有实感。但如果只是为了满足父母亲传宗接代的命令而结婚，他也不会过于排斥。简单来说，男女之情对他来说是无关紧要的。

但是现在的他心态已经不同了。他的心里已经有了一个女孩的存在，并且在短短几个月内体验过相思之苦，已经对所谓"爱"字背后的深意感悟颇深。现在的他，已经不能够若无其事地和父亲所指定的人结婚。

　　吴朝明咬住上唇，没有回话。父亲自顾自地说了下去。

　　"我并没有强迫你的意思，无论如何，最后的选择权还在你自己的手里。"

　　父亲说的对，做出选择的是我自己。吴朝明虽然知道这一点，却也清楚自己与梦想中的女子绝无可能结成一对的事实。我可以一直对她抱有期待，并且怀揣这种无果的期盼过一生吗？吴朝明扪心自问，竟然得到了一个肯定的答复。他清楚这种肯定的感觉并非来源于一时意气，而是一种极其平和而坚定的信心。

　　"父亲，请您继续说下去吧。"

　　传宗接代也好，结婚也好，这都是为了让父母安心而做的，就和从小到大自己做的所有事情一样。既然明白了这一点，也就没有什么好迷茫的了。

　　"四平市最大的富豪是方正树，他妻子过世得早，只有一个独生女。他一直在给他的女儿物色结婚对象。我们家祖上与方家是世交，所以很早以前你就在方家的考虑之列。现在方正树给我正式来信，宣布他们家计划给独生女选婿。他们家打算把几位候选者邀请到方家，经过方正树和他女儿的几日考察，再做出最后的选择。当然还是那句话，去或者不去完全由你自己决定。"

　　父亲的语气没有什么变化，一旁的母亲却突然用手捂住嘴。吴朝明把视线转向母亲，只见两行清泪顺着她眼角的皱纹轻轻滑落。

　　"妈，您怎么了？"

　　吴朝明吓了一跳，连忙上前安慰。

"我没事，别担心，就是突然听到这个消息，感觉好像你明天就要离开家门似的，有点舍不得你。我从来没想过你会到别人家里做上门女婿。我们老吴家这一代啊，就你一个男孩……"

"别哭了，妇人之仁！"父亲在一旁呵斥道。他动气的原因显然是因为母亲把他心里的担忧说了出来。他深吸一口气，很快就神色如常。

"方家一直以来给过我们多少帮助，你都忘了吗？我能当上镇长还不是靠他。再说，儿子娶了他们家女儿，我们家也跟着光荣，倒插门这种事又没什么丢人的，孩子的幸福才是最关键的，不是吗？"

虽然父亲的话听起来是在关心他，吴朝明却觉得很虚伪，说到底父亲只是惦记着方家的财产。

听了父亲的斥责，母亲止住了哭声，眼泪却不断地流出。吴朝明被夹在中间，不知该如何是好。

"母亲，请您放心，说到底我也只是候选人之一，能不能被方家女儿选中还不一定。现在担忧那么久以后的事未免为时过早。"

这时，他忽然想到一件值得在意的事。这个姓氏好像很熟悉，难道说……他的心里产生了一个大胆的猜测，这个猜测让他的心突然狂跳起来。

"父亲，请问方家……方家的女儿叫什么名字？"

父亲愣了一下，然后说道："记不清了，好多年没有去方家了。反正你又不认识，你问这个干什么？"

"就是好奇问问……"吴朝明尽可能使自己的声音听起来和平常一样，他正在为自己的猜测兴奋得浑身颤抖。

世界上会有这么巧的事吗？不，这不可能，只是我的一厢情愿罢了。

"我们一生所遇到的一切都是命运的安排呀。"刘蓝平的声音忽然在脑海中回响起来。

如果这就是命运……

"我记得信上有写。"父亲边说边拿起方家的来信通读起来，"啊，找到了。"

吴朝明感觉自己所有的感觉神经都被聚集到了耳朵，眼睛死死盯着父亲的嘴唇，等待着那个命运中的答案。

父亲指着那个名字，不紧不慢地念了出来："方正树的独生女儿，叫方雨凝。"

第二章　风景

Chapter two

1

轿车穿过树林时，车顶传来"咚"的一声闷响，一下子把吴朝明从睡梦中惊醒。

吴朝明睁开惺忪的睡眼，花了半分钟的时间来思考自己究竟在哪里。

"你醒啦。别紧张，只是积雪从树上掉下来的声音而已。"正在开车的老爷爷从后视镜看到吴朝明从梦中惊醒坐起，和蔼地向吴朝明解释道。

吴朝明终于想起，眼前人正是方家的老管家。他正坐着方家派来的轿车，在去望雪庄的路上。此时车正在兴安山的山间小路上行驶。

兴安山地处四平市最北处，地理上划分在北平镇内，但是一直以来由于地势险恶、地理位置偏僻，成为管理的空白地带。早年兵荒马乱的年代有人在山里落草为寇，后来这批人被革命军收编，成为东北抗日军的一支小分队，骁勇无比，留下很多以少胜多的战例。东北解放后，这批"草寇"带领着家人回到四平市，在此处安家创业。当年骁勇的战士大多是淳朴的农人，他们靠着勤劳的耕作，渐渐把原本人口很少的四平市建成了上万户人家的大市。

兴安山的盘山公路非常崎岖。这条盘山路是十年前才在各镇子的共同组织下修建的。早年物资匮乏时，常有人为了烧柴而上山伐树，却被突如其来的暴风雪吞噬生命。后来为了有效开发利用山上的大片针叶林，政府终于出资建设了盘山路。吴朝明早就听说，这条路无法到达的深山秘处，便是富豪方正树建立的秘密居所。

车内的音响正播放着舒缓悠扬的音乐，是舒伯特的名作《天鹅之歌》中的《小夜曲》，吴朝明非常喜欢的一首曲子。这是舒伯特最后创作的作品，他过世后被人整理出来。"天鹅之歌"的寓意是天鹅弥留之际的歌唱，意指音乐天才人生的最后时光里，毅然用最后的一点生命力点燃音乐的烛火。这首曲子清新婉转，毫无人之将逝的悲戚，只有生命之火自然熄灭的顺畅和淡然。

车里的暖风让吴朝明感到有些热，口干舌燥的，他脱掉被汗打湿的外套，叠好放在一旁，接着意识到自己竟然在别人的车里安心地睡着了，脸立刻羞红起来。疲惫感从腰部蔓延到全身，吴朝明偷偷伸了个懒腰，把身体稍稍调直。

"对不起，昨晚没睡好……"

"没事，我看你睡得很香就没有打扰你，我们就快到了。"

吴朝明看向窗外。茂密的针叶林遮天蔽日，把上午的阳光遮蔽在树海之外。树枝被积雪黏附，原本细嫩的枝丫看起来粗壮了不少，像是顽皮的孩子穿了一件大人的白色棉袄。远处和近处的树木一起出现在视野里，雪白的枝杈交织层叠，漫无边际，是极美丽的树挂景观。从小在北方长大的吴朝明对树挂并不陌生，但置身于如此深邃无边的白色世界却还是第一次。在这样的雪白天地里听着悠扬舒缓的《天鹅之歌》，仿若真的看到一只只白天鹅整齐地从身边游过。

"昨晚山里刚刚下过暴雪，所以树梢上都有很多积雪。好在现在停了，不然我可没有胆子在暴风雪中开车上山。"

眼前这位和蔼的老人是方家的管家。他穿着合体的黑色西装，梳着光溜溜的大背头，看起来比吴朝明从外国小说中读到的管家还要有派头。他虽然脸上有不少皱纹，梳起的头发也隐约可见银丝，身材却保持得宛如青年人；握方向盘的手粗大有力，几根深蓝色的静脉血管微微突出；隔着笔挺的西装外套也能隐隐看到手臂上发达的肌肉，显然是长期运动的结果。他的精神也非常矍铄，头脑和反应力都与中年人无异。据他介绍，他今年六十一岁，从二十七岁开始在方家工作，至今已有三十四年了。

"真抱歉，还要麻烦您来接我。"

"别这么说，这是我的工作。"

"其他几位为什么不在车上呢？"吴朝明本以为他还要去接其他镇子的候选者，谁知管家只载着他一个人在山路上跋涉，这让他很过意不去。

"其他几家继承人都来过望雪庄，他们表示会自己过来。"

管家的话里完全没有指责的意思，吴朝明却非常难堪。他意识到管家的言外之意是其他几家也都有轿车，可以送他们的孩子去方家。吴朝明的自尊心有些受伤。

这也是他早已料到可能会遇到的最大阻碍。虽然按照国家的规定，镇长必须选举产生，绝不能世袭，但是在四平市这种偏远的地方，镇长的职位就是凝聚力的代表，也是全镇经济发展的保证。所以，出于某种原因，其他镇几乎都是由前一代镇长的长子继任镇长。

西平镇却不是这样。吴朝明的爷爷早年就在抗美援朝战争中牺牲，所以没能和他当年的战友一样光荣返乡担任领导。而吴朝明的父亲当上镇长的原因，几乎完全归功于他的钻营，诚然其中不乏他的苦干和努力，但是在吴朝明眼中，父亲更喜欢在社交中付出精力，他的全部才能也都体现在社交活动上。

也许在外人看来，吴朝明家和其他几个镇的镇长家相比，就像是暴发户与"贵族"的区别。唯一值得宽慰的是，吴朝明并没有继承父亲那种迫切追求功名的人生观，对待金钱、身份和地位，反而充满了不符合他身份的蔑视和淡然，这种淡薄的性格使得他觉得自己不那么可悲。其实更进一步说，若是和方家比起来，其他几家又算不上什么了。掌管镇子大小事务的镇长之位虽说是将来进入政界，甚至迈入高层的第一步，但是吴朝明却看得清楚，这些凭借祖辈的功勋才勉强保住一镇之长这个官衔的人，没有能力也没有器量踏入更高的殿堂。

通过父亲，他看到了官场上的许多丑陋，也看清了名利的虚伪和空洞。在这样的环境中成长起来的吴朝明，对父亲最在乎的名利嗤之以鼻，小小年纪就产生了佛教徒般的淡然和清心寡欲。

"'望雪庄'是我们要去的地方吗？很好听的名字。"

"这是老板在山里建的别墅，每年会有几个月来这里度假。这次他给大小姐选夫婿，也是为自己找一个继承人，所以他很重视这件事，打算在这里用几天时间与你们相处，亲自考验你们。"

"真是很荣幸啊。不过为何要把别墅建在交通这么不方便的地方？这座山应该一年四季都布满积雪吧，想出一次山到外界多么不容易。"

"或许这就是老板的目的。想必你也听说过，老板做的生意很庞大，工作非常忙，而且树敌众多。这座别墅就是老板的庇护所，可以让他静下心的只有这里。"

管家说到这儿，脸上露出了欣慰而安心的微笑。他流露出的对方正树全心全意的关心让吴朝明非常感动。他能感觉到眼前的老爷爷是发自内心地关心着主人，而且丝毫没有掩饰之意，这种纯粹而热烈的情感让吴朝明肃然起敬。

"说起来，方叔叔为什么很讨厌金属物品呢？他在信里写了不允许我们携带金属物品，尤其是电子产品，包括手表和怀表。"吴朝明虽然没有自己的手表，但是一直不能理解方正树的用意，心里很是好奇。

"只是他个人的癖好。老板是个比较偏执的人，有一些奇怪的喜好。金属物品，尤其是电子产品，他一概不喜欢。他只喜欢老式的东西，你到了望雪庄就知道了，那些新奇的物件一个也找不到。"

"和我母亲差不多，她也是个老古董。"吴朝明有些调皮的话语让管家爷爷笑出了声。

"哈哈哈，你真是个可爱的孩子啊，和你母亲年轻时一模一样。"

"您见过我母亲？"吴朝明感到有些吃惊，不过下一秒他就想通了，父亲说过他们家与方家是世交，管家认识他的父母很正常。

"我与你的父母见过几次面。你的母亲是个让人印象非常深刻的女性，宽容、和善而淳朴，我这样说或许很失礼，但是她的确与我所认识的大多数乡镇妇女不同。"

管家的脸上露出了怀念的表情，眼角的皱纹聚拢在一起，眼睛眯成了一条缝，嘴唇抿成一条线，嘴角微微翘起。这一刻他看起来就像一个怀念往昔的普通老人。

"遗憾的是五年前你父母亲来做客那次你生病了，后来你父亲也再没带你来过望雪庄。所以我一直都没机会见到你。"

管家淡淡的一句话让吴朝明心里一惊。我生病而父母有事出门……而且恰好是五年前，难道是噩梦里的那天吗？

不会这么巧吧……

这个消息瞬间给吴朝明的心头蒙上了一层阴影，马上就要见到方雨凝的那种喜悦也淡了几分。

"那天……发生了什么事吗？"吴朝明小心翼翼地问道。

"没发生什么特别的事，只是老板按惯例邀请几个老朋友来家里做客罢了。"管家的回答很迅速，但是吴朝明却明显看到他的身体紧张了一下，嘴角的笑容也消失了。

　　管家的反应让吴朝明更加疑惑。管家见过父亲不止一次，也就是说在那件事发生以后，父亲还曾来过望雪庄，那么为何没有一次让吴朝明一同前往呢？父亲应该早已知道方正树有在几个镇长儿子里选婿的意愿，按照父亲攀附权贵的性格，一定巴不得让吴朝明多和方正树以及他的女儿见面。然而，父亲甚至没有在吴朝明面前提起过方正树这个人，这足以证明关于方正树和望雪庄有什么东西是他想要隐藏的。

　　吴朝明隐隐感到自己正在离困扰多年的噩梦的真相越来越近，但是他不想让管家察觉到他的心思，便换了种方式继续旁敲侧击地问道："我听说这附近的兴安雪山有很多奇怪的传言，比如浑身雪白的女人披头散发出现在山里之类的。"

　　"哈哈，你们小孩子之中经常会流行这种奇怪的传说故事吧。"管家的笑很僵硬，看得出来他不擅长撒谎，"这个传说我很久以前也听说过，我听过很多种版本，像你刚才所说的只是其中之一。这些故事基本上都是山镇里的大人们编出来吓唬小孩子的。大概二三十年以前就经常有孩子跑到雪山里再也走不出来的事发生，后来为了让孩子们不再乱跑，有的人就编出'山里有雪一样的女人，会吃掉你'这种传说来吓唬孩子。老板从不相信这种传言，不然他也不会在雪山里造房子。"

　　吴朝明轻轻点了点头，管家的说法的确可以解释大部分民间传说的来历，但是作为被这个传说困扰很多年的人，他还是没办法轻易接受这种敷衍的解释。

　　"我还有个疑问，方叔叔在这么偏僻的雪山里建房子，就不怕哪一天发生雪崩吗？"

管家听了吴朝明的问题，终于坦然地笑了。

"这一点当然有考虑过。这座山本来就不高，房子又建在接近山顶的位置，地基很坚实。一般雪崩都是在积雪深厚的地方由于重力作用引起的，老板选的位置非常安全。如果说有什么可能的灾难，那就只能是地震了，但这座山不在地震带上，发生地震的概率非常小。"

"原来如此，是我多虑了。"尽管如此，吴朝明还是对这次山庄之行产生了一种不好的预感。

似乎是为了转移话题，管家爷爷忽然讲起关于方正树当年的事，吴朝明不甚感兴趣，只能有一搭没一搭地应和着。

"老板原本在北京经商，他非常努力，把上一代人留下来的商铺经营得井井有条不说，还多开了三四家分店。后来他为了扩大家族的生意，投资了好几个新建的工厂，所有账目都要亲自过目。那段时间是老板最忙，也是最快乐的日子。虽然我经常心疼他为了工作不爱惜身体，但是看到他脸上带着疲惫的笑容，那些想提醒他的话就说不出口了。现在想想都是我的错，就是因为我没有及时提醒他，后面才会发生那样的事。"

老爷爷的语气里充满悔恨和自责。

"他病倒那年是一九九〇年，他才三十七岁，还是年轻人啊，就这么活活累垮了。检查结果出来是心肌炎。命是保住了，但是以后决不能再受累。老板把自己关在书房里思考了三天三夜，终于下定决心把北京的生意交给自己的助手打理，全家人搬回故乡东北，并且在雪山深处建造了望雪庄。"

吴朝明默默地点了点头，关于方正树的创业故事他早已耳熟能详。老辈人很喜欢用方正树的传奇故事来教育孩子们，因此他的光辉事迹对每个四平市的孩子来说都不陌生。

"老板表面上看起来很冷酷，其实是个热心人。"像做辩解似的，管家开口道，"我家老婆子以前是望雪庄的女佣，有天突然心脏病发作，多亏老板把她送到山下的医院抢救才捡回一条命，后来还送她去美国装上了心脏起搏器。老板为了让她安心养病，再也没让她回望雪庄工作。过年还会寄一些年货到我老家，我家老婆子感动得五体投地。"

管家以怀念的语调说完这些，吴朝明不知道该怎么回应。

车里的空气沉默了下来。吴朝明望向车窗外，忽然想起上小学前，奶奶经常在忙完农活的午后，抱着吴朝明坐在院子里给他翻看相册。其实相册里几乎都是吴朝明的爸爸、妈妈和吴朝明，他爷爷的影像只有两张黑白照而已。爷爷二十几岁就上了抗美援朝的战场，并最终战死。奶奶知道这件事后没有流一滴眼泪，一个人把子女们养大，终身没有改嫁。相册里爷爷的两张照片，一张是参军前拍摄的一寸黑白照片，满脸书生意气，穿着长长的灰色布衣，温文尔雅。另一张则是他刚到朝鲜时和几位战友的合影，虽然两张照片时间上并没有相隔很久，但他在照片里给人的感受却完全不同。穿着军装、戴着军帽的爷爷身材高大挺拔，脸庞也因为瘦削而有了棱角，不知是否是光线的原因，皮肤看起来显得黝黑。奶奶常用布满老茧的手抚摸着爷爷的照片，用吴朝明平日里从不会听到的温和声音给吴朝明讲爷爷的事。经年累月，照片上覆盖的一层塑胶薄膜被擦得十分光亮。奶奶为了支撑起整个家庭，年轻时就变成了一个彪悍而泼辣的农镇妇女，只有在谈及爷爷时才会露出温柔的表情。所以她沐浴在阳光里的温暖表情以及那时所说的每一句话，都像是烙印在吴朝明心里一般清晰。

"你爷爷旁边这几位都是他当年的同学，后来成了战友。"

奶奶经常如数家珍地介绍这几位吴朝明熟悉得不能再熟悉的爷爷的战友。战后，爷爷的这几位战友中，看起来最瘦小的一位去了北京经商，另外三人回到故乡四平市，各自成为镇里的干部，帮助建设故乡。几十年过去了，成为镇干部的几人把镇子建设得井井有条，而经商那位据说成了北京十几家餐馆的董事长，甚至还把餐馆开到了上海。奶奶说到这里就经常念叨："你爷爷要是活着啊，肯定不如他们。你爷爷一直笨手笨脚，除了读书什么也不会。他活着呀，除了多一张要喂的嘴，真是什么用处都没有。"这样说的时候，奶奶的眼角经常湿润着，嘴角微微扬起，好像爷爷正乖乖地坐在她旁边，听她数落似的。

"我知道方爷爷，奶奶经常和我提起他。我爷爷在战争中过世了，所以对于奶奶来说，这些他当年的战友身上都寄托着年轻的爷爷的希望吧。"

管家爷爷身体微微前倾，露出了前所未有的尊敬表情——虽然他对吴朝明的态度也很尊敬，但那是一种职业性的习惯，而吴朝明能感受到他现在流露出的是发自内心的情感。

"你的爷爷是一名非常值得敬佩的军人，骁勇无比。他是方家永远的恩人。"

"我很敬佩我的爷爷，但是我并不认为方爷爷他们不如我爷爷，他们也是抱着守卫国家的信念上了战场。战争就是这样的，总会有人死去，所以才让人向往和平。"吴朝明说出与年龄不相符的成熟话语。他从小就想象着爷爷牺牲时的画面：远在无人知晓的地方，身边没有自己的妻子、儿女，甚至连和他们见最后一面的机会都不可能有。胸前的口袋里还有亲人的照片，可他的手已经没有力气拿出来。他用尽最后的力气，挣扎着想再看他们一眼，一点点将手挪到胸前，当手紧贴在放置照片的那个口袋时，终于不再移动了。阳光拨开乌云，照亮他瘦削而英俊的面颊，可是那面颊已经不再有温度，他深邃的眼眸面对着阳光也不再闭合，因为瞳孔已经永远地散开，往日炯炯有神的双眼永远失去了光辉。

吴朝明把目光转向窗外，想象中的画面让他感到恐惧，手脚冰冷。

"抱歉提起这么悲伤的话题。不过你说的对，死亡其实并不可怕，可怕的是无意义。无论何时你爷爷都会被人们铭记，他的牺牲，在我眼里是最有意义的死亡。"

管家坚定的话给了吴朝明很大的安慰。也许他一直以来追求的，就是管家所谓的有意义吧。无论是生存还是毁灭，他最不能容忍的便是无意义。然而这件事带来了一个奇异的悖论：寻找有意义的生活，这个过程本身或许就是无意义的。吴朝明讨厌无意义地活着，但同时也害怕无意义的死亡。一想到这样的自己死去也是无意义的，便连死的勇气都没有了。

或许是发觉吴朝明悲伤的心绪，管家适时转移了话题。

"前面就没有盘山公路了，再向前行进一段距离，就是望雪庄。别看我们现在行驶得这么顺畅，如果遇到暴风雪，这里的路就完全不能走了。"

吴朝明向车前望去，果然是一片平坦的开阔地。被稀少而矮短的灌木丛所覆盖的雪地中央，清扫出了一条蜿蜒的通路，如粗壮的蟒蛇般向远方伸展，一眼看不到尽头。从这条路两边的积雪厚度就可以想象暴雪时这条路会变成什么样子。

"遇到暴风雪时，山庄里的人该如何出去呢？"

"只能闭门不出，等待清雪车的到来。每周都有人例行清雪，将融雪剂洒在这条路上。即使没有人从山庄里发出消息，清雪车也会按时到来。考虑到大雪封山的最坏情况，山庄里随时准备着足够十个人生活两个月的物资。"

管家淡淡地说出这些话，吴朝明不禁感叹方正树财力的雄厚。仅仅是每周雇清雪车的费用，便是吴朝明难以想象的天文数字了。

"我已经迫不及待地想看到传说中的望雪庄了，应该是我从未见过的豪华建筑吧。"

管家听了吴朝明的话微微一笑，不置可否地说道："说不定与你想象中的完全相反。老板建望雪庄时故意选择了比较普通的外形，而在内部的装修和设计上下了很大功夫。整个房子都是他请一位法国设计师设计的，不仅保留了东北传统建筑的特点，还在其中加入了西式元素。在这样偏远的雪山内，电线自然是不能延伸进来，整个山庄的电力供应全靠两台发电机。如何给这么大的山庄供暖也是个严峻的考验，这位法国设计师为了这一点，特意搬到兴安山附近的镇庄住了两个月，研究当地的气候，最后想出了一个巧妙的办法。"

管家的声音温和，语气抑扬顿挫，很擅长讲述。他特意在有趣的地方卖了个关子，轻易地勾起了吴朝明的兴趣。

"什么办法？"

"这位设计师把东北的炕和西式壁炉结合在一起。这样一来可以非常完美地解决供暖问题：东北炕的设计能有效地利用热能，节约能源；而西式壁炉的烟道则有更加先进的排烟技术，这样一来就可以让山庄环保而且干净地供暖了。你以前大概没见过两层楼还能用炕的吧，这一次就可以见到了。"

吴朝明点点头，他并没有见过真正的壁炉，只在外国小说里读到过，所以不太能想象得出来。

"另外，老板的品位很高雅，平时有收藏艺术品的爱好，他收集了世界各地的艺术作品装饰在屋内，整个山庄给人的感觉就像博物馆一样。我是个粗人，艺术方面我是外行，还是你们读过书的年轻人比较懂。"

"之前见到过方叔叔，当时感觉他很低调。看来他是个比起外表更在乎内在的人。"

"你见过老板吗？"管家露出了诧异的表情。

"是的，在四平市的集市上，算是偶遇。那时我还不知道他就是传说中的富豪方正树，连打招呼都没来得及。还见到了方雨凝小姐……"

吴朝明说到后半句时语气明显变轻了，管家似乎明白了什么，露出了会心的微笑。

"怎么，你对大小姐一见钟情了吗？"

管家直白的问询让吴朝明瞬间羞红了脸，说话也变得结巴起来。

"那……那怎么敢，我实在是配不上大小姐，这一点我是知道的。我应方叔叔之邀前来，只是为了再见大小姐一面，把她借我看的书还给她而已。只要能再见她一次，我就满足了……"

"不必羞怯，以大小姐的气质，任何人对她一见钟情都是很正常的。而且也别把自己说得那么不堪，别忘了你也是候选人中的一名，说不定三天以后，与大小姐结为夫妻的人就是你。"

吴朝明本以为管家在调笑自己，谁知管家的表情一本正经，没有半点开玩笑的意思。"与方雨凝结为夫妻的人可能是我"，意识到这一点，吴朝明的心跳得更快了。

"如果真的这样，那真是我一生的荣幸。"

管家好像忽然想到了什么似的，板起脸问道："年轻人，你是在不知道大小姐的身份时就已经爱上了她吧？"

"爱"这个字眼让吴朝明的脸"唰"一下红了起来，然而不知道为什么，在这个和蔼的老人面前，吴朝明非常自然地吐露了自己的真心话。

"我在市集上遇见她时的确不知道她的身份。与她分别后

我每天都在幻想我们再次见面，只是万万没想到会以这种方式
再见。"

管家满意地点了点头。

"单纯地爱上一个人是非常美好的事情。我知道你不会因为
一个人的身份低微而看轻这个人，你的双眼清楚地告诉了我这一
点。那么同样的道理，你怎么能因为大小姐与你身份的差距而放
弃追求呢？真正的爱恋是不应该在意这些物质条件的。你应该读
过莎士比亚的戏剧《罗密欧与朱丽叶》吧。"

"可那是悲剧……"

"就算是悲剧又如何呢？"

管家坚定而清澈的声音让吴朝明说不出任何反驳的话。似乎
觉得自己的话语对眼前的孩子来说有些太沉重了，管家微微欠身
表示歉意。

"原谅我的僭越，我只是不希望你因为你的性格耽误了你的
一生。"

"谢谢您，您的话让我清醒了许多。"

吴朝明的话完全出自真心，他已经很久没有见到像管家这样
真诚的人了。他所认识的人，无论是青年人还是中年人，大多是
一些精于算计、蝇营狗苟之辈。若是身边的人都像管家爷爷这样
忠厚慈祥，大概他对于与人交往这件事也不至于消极至此吧。

"我们到了。"

车子从狭窄的树丛驶入一片开阔地，前方的视野豁然开朗

起来。

远处的望雪庄逐渐变大，越来越近。

在白雪完全覆盖的雪山中，只有望雪庄附近这一块方方正正的土地没有积雪。如果不是山庄周围土皮的颜色显示出这里有人打扫，这深色的房屋看起来完全没有人类活动的气息，就像修建于雪白云层中的神仙隐居的场所。

在这杳无人迹的雪山中昂首挺立的望雪庄，在吴朝明远观时就像年迈而沉稳的山神，傲慢地俯视着四周白雪皑皑的群山。这就是望雪庄给吴朝明的第一印象。

"请下车吧。"

"谢谢。"

管家礼貌地替吴朝明打开车门，两人走下车时，刚好山庄的房门也被打开，方正树和方雨凝一前一后地走出来。

"我听到车声就知道肯定是你来了。"

方雨凝跟吴朝明说话的语气就像是老友重逢，这让他激动得无以复加。他原本以为方雨凝早已忘了自己，这惊喜让他胸口一紧。今天的方雨凝穿着素淡的白色棉衣，戴着黑色边框的眼镜，比起上次的灵动多了一分生活的气息。

管家微微欠身对方正树行礼。

"老板，最后一位候选者我带来了，按照您的吩咐，我已经让用人们都休假了。等我走了之后，接下来的五天我也不会再回到山庄。但是……"

管家面露难色，欲言又止。方正树笑着挥了挥手，说道："我知道，你担心没有你和用人们在，我们处理不好自己的起居。这一点你尽管放心，我早已经安排用人走之前准备了些半成品食物放在冰箱。雨凝也很会做菜，这正好是向诸位客人展示她的贤惠的时候。"

方正树已经把话说到这份儿上了，管家不再反驳，话锋一转。

"药还有吗？"

"还有半瓶，放心吧。"

"您一定要记得按时吃。"

管家爷爷像个关心孩子的母亲一样不厌其烦地提醒，方正树则顺从地一一答应。管家爷爷这才放心地点点头，走向轿车。他经过吴朝明时轻轻拍了拍他的肩膀。吴朝明感受到了他无言的鼓励，目送他开车离去。

2

吴朝明站在大门口仰望着望雪庄。正如管家所说，从外表看望雪庄不过是随处可见的二层建筑，并无特殊的设计感。主屋右侧是一个小房子，有独立的房门，通过一小段走廊和主屋相连。两栋房子的装修风格完全一致。两栋房子的房顶都是古朴的砖瓦屋檐，墙壁是深棕色的劈开砖，门都是向南开，材料是实木，与砖的颜色完美契合。

　　或许是昨天下过雪吧，稍远处的平地和山峦全部被厚厚的积雪覆盖，只有房屋附近的土地才露出没有被雪埋没的土色，积雪消失的边缘留下了被清扫过的痕迹。

　　"请走这边。"

　　吴朝明跟随方雨凝进入庄内，在门口的玄关换好室内鞋后深吸一口气，推开了通向大厅的门。

　　开门的一瞬间，吴朝明不禁在心里惊叹了一声。

　　闪耀。吴朝明的脑海中立刻浮现出这个词，只有闪耀才能形容眼前的景象，扑面而来的华贵气息让吴朝明不敢直视。他情不自禁地低下头，身体好像也矮了半截。

　　大厅的整体风格以日式为主，装修十分考究。按照方正树的要求，法国设计师对每个细节都亲自设计。天花板和墙壁都覆盖着一层金色的锦绣织物，纹理细腻，仅仅看到就仿佛能感受到手触碰时光滑的触感。地毯是深蓝色的天鹅绒，踩在上面宛如在云彩中间穿行，由于平时打理得当，地毯的每一根细绒都干净得好像能反光。

　　屋顶悬挂着四个日式风格的长方体吊灯，并无华丽的水晶装饰，只有淡黄色的镀金外壳，在灯光的照射下显得无比耀眼。大厅中央摆放着一架乌黑的钢琴，钢琴旁还有一把金黄色的木椅，椅子的坐垫部分似乎也是用价格高昂的丝绸编织而成。钢琴上覆盖着一层青色的纱帘，纱帘镀着金边，上面绣着一条火红色的凤凰。

然而，对吴朝明来说整个大厅最夺目的是沿墙壁挂着的一圈画作，华丽的镀金边框不禁引人猜测这些画本身的巨大价值。吴朝明跟在方雨凝身后转了一圈，大多都是浮世绘名画，有几幅的作者吴朝明甚至从未听说过。吴朝明在一幅比较熟悉的画作前停下脚步。

"《穿日本和服的卡美伊》，莫奈的作品。"方雨凝在旁边轻轻说道。

吴朝明在画册上曾见过这幅画，所以对她的介绍微微点头表示了解。他歪着头仔细打量起这幅画，看到实物和看图册的感受完全不一样，他能强烈地感受到"艺术"和"历史"的厚重感，这种感受让他不禁屏住呼吸，并且不自觉地调动所有感官来欣赏这幅名画。

"莫奈的夫人穿着大红色的和服，和服上的枫叶、地上的榻榻米和墙上的团扇都是浓浓的日本文化氛围。这幅画放在诸多浮世绘之间，乍一看似乎没什么问题，但是当观者的目光移到卡美伊夫人的金发时，整个意境瞬间就消失了。"

听了吴朝明半吊子的点评，方雨凝微微一笑，轻轻推了一下眼镜的边缘。

"我承认这幅画并不能算作莫奈的巅峰作品，但是这是他对浮世绘无比热爱的产物，也可以在这幅画里看到许多以后的影子，所以我父亲很喜欢。"

方雨凝的弦外之音是她自己也并不特别喜欢这幅画，这让担心自己的批评是否失礼的吴朝明轻舒了一口气。

"比起这幅，我更喜欢同样以卡美伊为模特的《撑阳伞的女人》。莫奈在女人脸上所用的线条我从不敢凝视，因为那会触动我最敏感的神经，让我无比悲痛。"

"啊，《神奈川冲浪里》！"这是吴朝明最喜爱的浮世绘画家葛饰北斋所作，此前他只在图册里见过，第一次见到真实画作，他不禁停下脚步欣赏。

"是不是比想象中的要小得多？"方雨凝在旁边这样说道，完全看透了吴朝明的心思。

"是，是的……我在图册里看到时，原以为是非常大的一幅画。可能是因为海水的波涛给人以雄壮大气之感吧。"

"你很有眼光哦，这里的几件浮世绘作品，只有这幅是真作，其他都是不值钱的仿作。"

"真作？"

看到吴朝明惊讶的表情，方雨凝连忙挥手补充道："也没有你想象的那么珍贵，所谓真作就是最早印出的一批。你知道，浮世绘是一种木版画，画家画完后会大量印刷，每一幅都是真作。这幅画当年印了上千张，现在据说还有一百幅流传于世，不过也有专家认为实际数字没有这么多。"

两人围绕着大厅的边缘边走边欣赏墙上的画作，很快就回到了门口，这时吴朝明才稍微适应了整体的华贵感，开始仔细打量整个大厅。

大厅是长方形的，大概占了一楼一半的面积。大厅中间有一个纹理细腻的米色大理石茶几，茶几不远处还有一个红条纹的小木桌，上面摆着象棋的棋盘。大厅正中央的墙上还挂着一个西式壁炉，这是吴朝明第一次在现实中见到西式壁炉。继续靠墙壁向西走，大厅西侧的尽头是通向二楼的木质楼梯。

方雨凝指着楼梯说道："一楼除了客厅就是厨房和工具间。卧室全部在二楼，每个房间内都配备了卫生间。"

"刚才就好奇，外面那个单独的小房子是用来做什么的？"

"那是副屋，里面有浴室和杂物间。"

"为何要单独把浴室放在副屋呢？"

吴朝明有些不理解，虽然在镇里人们都喜欢单独设立卫生间和浴室，但那是由于镇里的建筑没有下水系统，出于卫生的考虑才把卫生间建在室外。如此豪华的别墅，既然有独立的卫生间，那么肯定有内部排水管道，所以没有必要把浴室单独建在房子外。

"这就是按照父亲的设计，这座房子最不便利的地方。为了使热量快速集中，浴室只能单独设置在副屋内。"

方雨凝似乎早已料到吴朝明会有此疑问，回答得十分简洁。但是吴朝明却没听懂方雨凝的解释，在来的路上对管家讲的设计也抱有疑问，正好趁现在问个清楚。

"为了使热量集中？"

"是啊，这就是东北最初使用火炕的目的，在寒冷的天气里用烧饭时产生的热量同时使炕变热，最大程度地节约热能。这是劳动人民的智慧。"

吴朝明似懂非懂地点点头。

"的确，在镇里烧炕和烧饭共享同一个烟道，所以烧饭时多余的热量可以让睡觉的炕也变得温暖。望雪庄里也是利用这个原理进行了新的设计吧。"

"你刚才路过时看到壁炉了，这就是父亲当年请设计师设计望雪庄时，设计师做出的创新设计。壁炉本质上其实和乡镇常用的炕差不多，只不过一个是修在墙里，一个是修在床下。所以壁炉和炕道如果共用同一个烟道，就可以既保存热量，又能让烟干净地排出。"

"我懂了。这个设计如果在望雪庄这样的大房子里，好处是整个房子都可以保持温暖，但坏处就是房间太多热量太容易分散，因此没办法迅速集中制热吧。像浴室这种需要短时间内迅速升温的房间，就不能和其他房间一起共享排烟通道了，所以才会单独建在副屋里。"

"正是如此。"

方雨凝对于吴朝明的理解能力表示赞许，说话间两人已经走上了二楼。

"这里就是你的房间。"

棕色的木质门上挂着印有"吴朝明"字样的金属门牌，门牌上装饰着花纹。花纹像是某种有宗教意义的图腾，吴朝明似乎在某本看不懂的法文书籍上看到过图片。

"很漂亮的门牌。"

方雨凝却没有理会吴朝明的赞叹，径自走进房间。吴朝明突然意识到，他称赞这种对方雨凝来说很普通的东西，或许会让她觉得自己没见过世面。

想到这里，吴朝明懊悔地噤声，快步走进房间，把沉重的背包放在桌旁的椅子上。

方雨凝坐在吴朝明的床上，脸望向窗外，吴朝明也顺势望去。

几近沉沦的太阳在遥远的雪山背后露出微微的红影。不明亮的阳光照在方雨凝的脸上。她嘴角下垂，眼睛眯成了一条线。在吴朝明的角度看来，她的表情好像在哭一样。

"这边能看到山呢，风景好美。"

最后还是方雨凝开口打破了沉默。

"是……是啊。"

两人又沉默了一会儿，方雨凝缓缓开口道："这么久没见，你就没有什么想对我说的吗？"

率直的方雨凝居然也会有欲言又止的时候，这让吴朝明心里产生了好奇和紧张的复杂情绪。他努力回忆自己初次见面时是否做了什么不得体的事，是否给方雨凝留下了不好的印象。但是他想破脑袋也想不到方雨凝所在意的事究竟是什么。

方雨凝的脸依旧向着夕阳的方向，阳光把她白皙的脸映得绯红。

"啊，我想起来了。"

吴朝明恍然大悟。他打开自己的背包，从里面拿出一个被报纸包好的方方正正的长方形包裹。

方雨凝看到吴朝明拿出这个包裹，露出了惊讶的表情。吴朝明郑重其事地把这个包裹递给方雨凝，打开后，里面是她借给他的那本《雪国》。

方雨凝"扑哧"一声笑了出来，脸上的阴郁瞬间一扫而空。

"原来是我自作多情了吗……"

吴朝明依旧不知方雨凝所指的事情是什么，看方雨凝终于露出了笑容，他便放下心不再去想这个问题。吴朝明一直觉得暗自揣测女孩子的心事是非常自负的行为，因为这种揣测本身就带有对女孩子的心了如指掌的自恃。从他意识到自己毫无异性吸引力那一刻起，他就打算放弃与任何女性深入交往。他自知自己一生都与男情女爱无缘，尤其是和方雨凝这样尊贵而美丽的女性。

"一会儿我带你在附近转转，熟悉一下这里。你在房间里整理一下行李吧，我在门外等你。"

方雨凝说罢，轻巧地走出房间。她的脚步几乎没有声音，像是一个没有重量的精灵。

房门被轻轻关上，房间里失去了光亮，瞬间暗了下来。

吴朝明静坐着，眼睛随意打量着房间的装潢，心里还在回味着刚刚看到的方雨凝的笑脸。

方家的客房自然比吴朝明在家的小房间要宽敞得多。红色光亮的实木衣柜，一张单人床，还有一个摆放着一排书籍的长木桌。看得出这个房间平时没有人住，显然是为了迎接吴朝明的到来重新打扫了一番。

吴朝明把自己简单朴素的行李从包里拿出来，摆放在桌上。说是行李，其实只是洗漱用具和几件换洗衣服罢了。

推门而出，看到方雨凝正百无聊赖地等在门口，用手里的发带玩着女孩子们常玩的翻绳游戏。这充满童趣的一幕让吴朝明忍俊不禁，看她玩得入迷的样子又不忍心打扰她。

吴朝明在走廊里向窗外张望。他的房间在走廊尽头，窗子刚好面向正东边，窗户旁边挂着淡蓝色的丝绸帘布。透过窗户可以看到主屋旁边副屋的屋顶。屋顶上有一层积雪，深棕色的瓦片被白雪覆盖，屋顶虽说是传统的双坡式，但坡度很缓，这个坡度显然不足以让雪沿着瓦片滑落。让吴朝明颇感好奇的是，两个坡上的积雪厚度并不均匀，北坡的积雪似乎明显薄一些。

吴朝明稍微想了想，难道是因为太阳东升西落，导致两半坡的日照时间不同，使得积雪融化时间不一致的缘故吗？如果是这样，那应该东方和西方两半的积雪厚度不同，理论上南北两坡的日照时间应该没有太大差异。

方雨凝似乎终于对发带失去了兴趣，她把发带重新绑好，面带愧疚地向吴朝明走来。

"不好意思，反倒是让你等我了。"

"没关系，我刚好发现了一件有趣的事。"吴朝明说出了自己对屋顶积雪的疑问。

方雨凝解释道："副屋里的一半是浴室，另一半是储藏室。浴室里有人洗澡时，热量传到屋顶，让一些积雪融化掉。所以浴室这一半的积雪比较薄。昨晚洗过澡后，今天上午刚刚下了一场阵雪，现在那一层薄薄的积雪就是早上的雪吧。"

"阵雪会有这么大的量吗？"

　　"是啊。兴安山里的雪很奇特，大概是山里的风和云层比较奇特吧，下雪多数时都是阵雪，下的时候很大，但往往十几分钟就停止了。"

　　"原来如此，不过这样也有好处，如果没有长时间的暴风雪，也就不易发生雪灾。"

　　"你说得没错，而且只要及时清扫门前的雪，就不会有雪太厚阻挡出行的情况了。说起来，按照广播里的天气预报，今晚还有阵雪，大概在八点吧。"

　　"原来这里还能接收到广播的无线电信号。"

　　"是的，这是唯一能得到外界信息的方法。"

　　由于被客房占了太多地方，二楼的走廊看起来远不如一楼宽敞。狭长的东西走廊两侧共有八个房间，房间上面都有临时的门牌，有的上面是空的，有的写了名字。写了名字的似乎就是住了候选人的房间。按照管家所说，这里应该还住了其他三位候选人，此时却出奇地安静，完全感受不到人的气息。

　　"为什么没有看到其他的候选人？"

　　"有两位昨天就已经来了，还有一位今天过来的。现在他们应该都在房间里琢磨着如何在父亲面前展示自己吧。"方雨凝顿了顿，眼里好像有一丝灰暗，但很快消失不见。她很快继续说道："或许你已经知道了，所有的候选人，包括你，你们祖父都和我祖父是战友。所以其他几位都来过我家里几次，只有你是第一次来。离晚饭开始还有一段时间，我带你在附近转转吧。"

　　方雨凝拉着吴朝明的手，向楼下走去。吴朝明猛地被方雨凝光滑的小手牵住，完全来不及反应，以至于跟不上她的脚步，差点摔倒在楼梯上。不过更让他在意的是方雨凝这种毫不掩饰的天真态度。她难道不担心两人牵手下楼这一幕被其他候选人看到吗？

　　走出望雪庄时，太阳已经完全没有光亮了。此时才五点钟，冬天的夜晚比其他季节来得早。

　　西边的树林看起来近在眼前，实则还是有很远的距离。离房子最近的一棵树大概有一百米，它独立于树林，显得与众不同。粗壮的树干和巨大的树冠显示出它年纪的古老。树下一个圆圈内都没有积雪，好像树冠张开了双臂将树下的土地保护在怀中。忘了在哪本书里看到过一个传说，这种上了年纪的树里面会有树灵栖息，当你对着树洞说出心里的烦恼，过不久这个烦恼便会自动消散。

　　"这棵树有什么特别的吗？"

　　"那是最有历史的一棵树了。早年山里并不住人，但是总有附近镇子的人来山里打猎，猎人们在这块平地上建了一个临时歇脚的小木屋。那棵树就是当年的猎人栽下的。后来山里大规模砍伐之后，新种了一批树，这些树每过几十年砍伐一次，只有这棵大树一直留在这里。"

　　"看来方叔叔对山庄的位置是精心挑选过的。"

　　"不仅如此，我和我母亲都相信这棵树有灵性。"

　　"你的……母亲？"吴朝明小心翼翼地确认他没有听错。这是他第一次听方雨凝谈及自己的母亲。从进入望雪庄后吴朝明就没见过方雨凝的母亲，他推测很可能她的母亲已经过世了，因此一直没敢提起。

"我母亲在我很小的时候就过世了。我对她的记忆已经慢慢变淡，只有这棵树一直留存着她曾经存在的印记，因此对我来说这棵树非常珍贵。"

方雨凝面带微笑凝视着树干，她的表情就像看到母亲站在面前。

树干上有几条清晰的平行线，似乎是刀刻的痕迹，有浅有深。

"这是你母亲刻下的吗？"

"是的，我小时候每年生日母亲都会在树干上刻下我的身高。"

方雨凝用白皙而纤细的手指轻抚着树干上的印痕，她已经完全沉浸在回忆中了。

看着方雨凝娇柔的身姿，吴朝明忽然有一种想要紧紧抱住她的冲动。他真想告诉她，今后他愿意一直陪在她身边，成为她的依靠。

似乎感受到吴朝明热烈的视线，方雨凝转过头来看向他，眼神里带着疑问。吴朝明这才发现自己的双臂前伸，马上就要碰到方雨凝的身体了。

为了掩饰尴尬，吴朝明连忙转头望向其他方向。

与西边黑压压的森林不同，其他三个方向都是一片望不到头的白茫茫。

"南边的雪地雾气好大。"吴朝明感叹道。

"往南走大概不到一公里，雾气的尽头就是悬崖。因为地势和降雪的缘故，那边常年被浓雾笼罩。早年这座山还没被猎人征服时，常有人迷失在浓雾里掉落悬崖。久而久之也就有了'雪山中有白狐化为女形，人随白狐而行，则坠入深渊'这样的传说了。"

"原来这就是雪山之女传说最早的雏形。"

让吴朝明惊讶的是，最初的雪女传说居然带有强烈的浪漫色彩，和吴朝明梦里梦到的恐怖场景截然不同。

吴朝明略感敬畏地望向浓重的白色雾气，远远望去好像山神吐息般，如果不细看几乎看不到白气的流动，认真凝望又会让人产生要被吸引进去的幻觉。

吴朝明不禁打了个寒战，鬼使神差地问道："那你听说过真正的雪女传说吗？据说这里曾经有个女人被推下山，摔得很惨。"

方雨凝的表情瞬间变得阴暗。那是吴朝明从未在她脸上见过的表情，紧接着她摇摇头，没有接话，转而说道："外面有些冷，我们回去吧。时间不早了，我要去准备晚饭了。"

吴朝明意识到自己可能触犯了什么禁忌，连忙也转移了话题。

"这么多人的晚餐都要你一个人做吗？"

"没关系啦！用人们已经帮我做好了大半，不然我一个人怎么可能搞得定。"

方雨凝俏皮地吐了吐舌，接着好像意识到了什么似的，挺起胸脯、板起面孔，恢复了一个大小姐的矜持，转身走进了屋子。

吴朝明凝望着远处的白雾，脑子里胡乱地想着一些互不相干的事，然而思维却变得越来越混沌，渐渐地觉得自己好像已经身处于浓雾中。

在吴朝明没有注意的瞬间，太阳隐匿了最后一点微光，兴安山的夜晚降临了。

第三章

鬼火

Chapter three

1

　　壁钟的指针越过六点，方正树挥手示意站立在饭桌旁的客人落座。

　　拉开椅子坐下后，吴朝明终于松了一口气。刚刚的两分钟可能是他有生以来经历过的最难熬的两分钟，虽然方家的古老壁钟有仔细观察一番的价值，但五双眼睛一齐望着指针的感觉实在是让他不适。他能感受到其他人热辣辣的视线穿过自己的身体，稍一偏身就有与其他人四目相对的风险，因此只能僵硬地和其他人望着相同的方向，自始至终一动不动。方家连用餐时间都精确到秒，方正树在小事上的严谨让吴朝明感到畏惧。

　　方正树坐在长方形餐桌东侧的主人位置上，吴朝明等四人散坐在两侧。方雨凝围着白色围裙走进来，手里拿着一个托盘，托盘上分两排摆着六个透明得有些反光的高脚杯。方雨凝给每位来客面前摆好酒杯后回到厨房，整个过程就像一位西餐厅主厨一样熟练而优雅，丝毫不显生涩。吴朝明知道熟练的背后是汗水，她一定花费了很多时间和精力进行礼仪学习。

　　细口圆肚的醒酒器里，黑色的液体被明亮的灯光照耀得如黑曜石般闪亮。

方雨凝熟练地给每个人面前的高脚杯里倒入半杯红酒。吴朝明惊讶地看着方雨凝行云流水般的动作，接着他发现了一件更不可思议的事——每个人杯中的酒量几乎完全相同，用肉眼几乎看不出高低差。最后给吴朝明倒完酒，方雨凝坐在吴朝明和方正树中间的座位上。

"首先，欢迎各位优秀的镇长公子代表自己的镇子来参加我的晚宴。五年没见，大家都变成成熟可靠的青年了，我很欣慰。"

方正树面带微笑地端起酒杯，他精明的小眼睛里闪烁着咄咄逼人的光芒，让吴朝明感到不舒服。同样让他感到不舒服的还有方正树的话，"代表镇子"这种事他可从来没听人说过，原以为只是几个祖上交好的家族之间的友谊，为何要扯上"镇长公子"这种权力的代名词呢。再加上方正树这种高高在上的态度，简直像是古代暴君面见臣子一样。就算方正树再有钱，他也从未在镇子里发展他的产业，各个镇子的镇长没理由惧怕他。

除非……吴朝明忽然想到一个可能。难道包括父亲在内的四名镇长，获得这个职位都是因为方家在背后的协助吗？这个猜测让吴朝明感到恐惧，父亲暂且不论，他实在不愿在背后恶意揣测他不熟悉的其他镇长，但是他所见的一切却都在证明这个猜想的真实性。

"或许大家也都听说了，今次我请各位公子来，不仅仅是为了延续我们各个家族的友情，还有更重要的一件事，那就是给我的女儿——方雨凝，物色一个结婚对象。"

方雨凝应声站起身来微微欠身以示礼貌，她神色如常，脸上带着淡淡的微笑。

在座的几人身体都微微前倾，仔细地听方正树接下来的话。

"我并没有到老态龙钟的年纪，但是早年太过拼命以致现在疾病缠身，早就无心再继续打拼，是时候该为自己的身体考虑了。钱也好，名利也好，对我来说早已经看淡。所以我最近在考虑找个继承人来替我分忧。我最在乎的无非是两件事：一个是我女儿的终身大事，还有一个就是我在北京庞大的餐饮连锁生意。"

方正树的话停顿了几秒钟，似乎要让在座的人仔细思考自己这句话的含义。吴朝明看着其他几人紧皱眉头绞尽脑汁的样子，心里却没有什么特别的感想。经商和从政相关的事务都不是吴朝明的兴趣，他满脑子想的都是自己手里的书。刚刚方雨凝趁着方正树讲话时大家注意力都被吸引过去的机会，悄悄地在桌下把这本书递给吴朝明。

"早在七年前，我就开始借鉴国外快餐业的发展经验，努力把符合中国人餐饮习惯的经营方式吸收进来。后来这个思路取得了不小的成功，我开了很多家连锁店，不仅大赚了一笔，而且门店还越来越多。现在仅靠这些店里的分成，我的资产都在以各位想象不到的速度增长着。"

吴朝明完全没有用心听方正树的话，他找了个没人注意的空当，偷偷低头看向桌子下面自己手里的书。封面上是黑色的楷体字——《假面的自白》。吴朝明刚打算看看作者的名字，方正树突然升高的音量把他吓得连忙抬起头继续装出认真聆听的样子。

"但是这还远远不够。我看得到更多还没被人开垦的荒地，我还有更大的野心，只可惜现在这身体不听使唤了。"说这句话时，方正树的手夸张地按住自己胸前心脏的位置。吴朝明想起管家爷爷说过方正树有很严重的心脏病，从方正树的表现来看他的病应该比吴朝明想象的要严重得多。

"所以我希望有一个人能继承我的事业，并且将我的生意继续做大。我的身体虽然不允许我劳累，但是却毫不影响我做决策，所以我还能当几年参谋。再加上我最信任的手下也在帮忙打理北京的事务，我有信心能把我的继承人培养成一个真正的商业精英。唠叨就到此为止，我想大家都清楚我想要的继承人大概是什么样子了。在座的各位不仅与我方家是世交，而且都是精明能干的有志青年，所以我会在各位中选择继承人。在这里住的三天就是我对各位最后的考察，三天以后我会告诉大家我选出的继承人是谁。"

"请问，您说继承人是您决定的，那么有什么选择的依据吗？"

提问者是一个身材矮小的男孩，看起来比吴朝明小一两岁，是在场的青年中年纪最小的。吴朝明根据方雨凝的描述判断他是谢玉安，也就是东平镇镇长的儿子。

"我就是唯一的选择依据。再给你们两点提示吧：第一，我刚才已经说过了，我想选的这个人不仅要有能力继承我的事业，还要配得上我的女儿；第二，继承人一定会在各位中产生，所以如果最后候选者只剩下一个人，那么我就一定会选择他。这意味着你们可以试着用任何手段获胜，正好是一次宝贵的锻炼。要知道，商业竞争可比这要残酷得多。"

方正树微笑着说出这段话，看似是在开玩笑，但吴朝明却感到毛骨悚然。"只剩下一个人"和"用任何手段"的意思明显是在鼓励大家收买其他候选人，这在商业竞争中只是最平常的手段。这样的话从方正树的嘴里说出虽然是意料之中，却实在让吴朝明感到不快。或许方正树自己都没有意识到，他只是把他的女儿当作他游戏里的一个筹码。

方正树的话还有另一层意思，如果其他候选人"不存在了"，方正树就肯定会选择最后一个人作为继承人。换句话说，只要能不留痕迹地杀死所有候选者，最后剩下的这个人就一定会成为方正树的继承人。在座的候选人都不过是十几岁的青年，恐怕没有人有杀人的胆量，如果真的出现了为了得到继承人的位置而不择手段的人，方正树又该怎么收场呢？

吴朝明能察觉到有几位候选人的眼睛里闪烁着异样的光，他们一个个就像看到猎物的狼，已经进入了捕猎的状态。不知道他们是否也解读出了方正树的另一层意思，吴朝明真希望是自己想得太过阴暗了。

"另外，候选者中已经有一位由于身体原因主动弃权的，虽然我感到很遗憾，但还是尊重他的选择。"

吴朝明知道方正树所说的人是刘蓝平。刘蓝平是市公安局长的儿子，所以他被邀请并不奇怪。与吴朝明不同，刘蓝平绝不会受别人逼迫去做自己不喜欢的事，所以他主动弃权了。吴朝明自己也并非被家人逼迫，而是听了方雨凝的名字才决定前来，这份心思他当然不会告诉任何人。

"我想说的就是这么多了。那么各位年轻人，加油吧。"

方正树举杯示意，然后一饮而尽，在座的几人也都学着他的样子将杯里的酒一口气喝干。冷而苦涩的红酒流入吴朝明的喉咙，让他的食管不由得紧缩。这是他第一次喝酒，完全没有经验的他不仅喝得太急，而且咽得太快。他的胃仿佛被人重重地打了一拳，又酸又苦的胃液不断上涌。

其他几位候选人仿佛已对此习以为常，丝毫没有露出不适的表情。

餐桌上只剩下餐具碰撞和咀嚼的声音，吴朝明感到异常压抑。他偷偷打量着其他几位候选者。根据方雨凝之前描述的特征，吴朝明很快就一一确定了几人的名字。刚刚提问的谢玉安看起来身材最矮小，体重却遥遥领先其他人。他年纪最小，与其称为青年还不如称他为孩子。他的相貌颇为奇特：眼睛向外鼓起，脸上的赘肉随着他粗重的呼吸有节奏地颤动，看起来就像一只正在鸣叫的青蛙。

坐在谢玉安身旁的青年比他要高半头。他戴着厚厚的黑框眼镜，穿着蓝白条纹衬衫，看起来极斯文，但是白衬衫下的一块块肌肉暴露了他身体很强壮的事实。他叫姚凌，是北平镇镇长的儿子。他神情严肃，一直紧皱着双眉，似乎在发愁什么。他的眼睛原本就很小，皱眉时眼睛不自觉地眯起来，别人几乎看不到他的眼球。

谢玉安旁边还有一位看起来很木讷的青年，他只顾埋头慢吞吞地吃着盘子里的东西。他叫于林久，是南平镇镇长之子。吴朝明注意到，于林久右手的手指上有着厚厚的老茧，简直像经常干体力活的老农的手。这和他文质彬彬的外表产生了极大的矛盾。方正树停下手头的筷子，擦了擦嘴，密切关注着他一举一动的人们也都立刻识趣地停止进食。

"给我讲讲你们各个镇子现在的经济发展状况吧。"

方正树的语气一贯是这样，平淡中透出不容置疑的威严。

"我们北平镇，说句老实话，肯定是最富裕的镇子。"姚凌自信地第一个开口，"我们现在早就不靠种地赚钱了。我爷爷当年当上镇长时，鼓励各家各户继承四平市祖先留下来的传统手工刺绣，到我父亲这代已经成了一个品牌。我们镇子每年靠刺绣赚的钱就是其他镇子卖粮食的几倍。"

姚凌这话虽然很傲慢，但是他洋气的衣服和看起来与年纪不符的进口手表，显示着他有傲慢的资本。吴朝明知道他说的话并不夸张，北平镇几乎垄断了整个四平市的手工业，甚至相邻市镇的姑娘出嫁穿的衣服，几乎都是出自北平镇。姚凌的父亲身为北平镇镇长，同时也身兼纺织厂厂长一职。虽然这并不符合规定，但纺织厂是姚凌的爷爷一手筹办起来的，所以到现在也没人有什么怨言。

"那你就太小看我们东平镇了，怎么说我们也是第一大镇子。"谢玉安皱着眉头反驳道。他比姚凌等人都小一两岁，所以看起来也显得比较稚嫩，说话没有姚凌那么稳重。

"论占地面积你们的确是第一大镇，可你们镇子大部分面积都是山地，没有什么经济价值。无论人口还是经济，我们北平镇才是第一大镇。"姚凌丝毫没有让步。

"你说什么呢，要不是你爷爷从方家拿了钱去办厂，你们北平镇现在还是个小农村呢！"

谢玉安的语调变了，青蛙眼更突出了，眼珠几乎都要突出眼眶。谢玉安特意强调的"小"这个字，显然戳到了姚凌的痛点，但是他并没有像谢玉安那么急躁，而是哂笑了一下说道：

"要按你这么说，咱们哪个镇不是靠方家起家的？你不仅骂了我们镇，还把你祖宗也都骂了。我劝弟弟你还是冷静点！"

"你占谁的便宜呢，谁是你弟弟？"

谢玉安这个年纪的人对伦理辈分特别敏感，最忍不得别人嘴上占便宜。

"都别吵了。我们要以和为贵，不要搞意气之争。"于林久在一旁无奈地劝解，不过他的话显然对两人没什么用。

"你这是甲状腺功能亢奋的表现，是一种内分泌疾病。得了这种病的人会暴躁易怒，所以我建议你心平气和，否则对身体不好。"

"姚大夫今天怎么这么关心病人？你家的传统不是救富不救急吗，我可没有多余的钱给你。"

谢玉安的挖苦激怒了姚凌。吴朝明知道，姚凌的母亲以及外公都曾是赤脚医生，这番话显然准确刺激到了姚凌，让他刚才的冷静做派荡然无存。

"你这人看来是越来越讨打了，要不我们一会儿去找个地方练练？"

姚凌抬起手臂，秀了秀发达的肱二头肌，他一直在坚持习武，身体显然比其他几位健壮。

"别闹了，这里不是你们家，注意礼貌。咱们都是老同学了，何必呢。"在一旁插不上话的于林久又开口当和事佬。他的声音又尖又软，像是没变声的孩子。这样的劝解在剑拔弩张的两人之间简直就是微风拂面，毫无效果。

"什么老同学，还不是因为父母是朋友才必须在一起上学，这有什么好多说的吗？"姚凌对于林久嗤之以鼻，后者却涨红了脸，看那样子马上就会哭出来似的。

"你忘了我们小时候一起玩有多么快乐，那时都说好了要做一辈子的朋友，现在你居然能说出这种话。"

"哼，朋友？"姚凌冷笑一声，"你究竟什么时候能长大啊？你难道还没有意识到吗？虽然我们几个镇子表面上井水不犯河水，实际上都在觊觎着公共的自然资源。如果我们中有人继承了方家的财产，有了开发资源的资金，另外两个镇子就永远都赶不上了。现在说什么都晚了，我们生下来的时候就已经注定是对手。"

吴朝明原本还有些担心自己和其他人不是从小到大的同学，可能没办法融入其中，现在看来似乎他们自己也没吴朝明想象的那么要好。今天他们能直率地说出心里话，恐怕是因为方正树刚刚的一席话刺激到了他们的某根神经。

"好了。年轻人血气方刚是好事，但是也要注意场合。"方正树的一句话让所有人立刻安静了下来。

姚凌和谢玉安都意识到自己的失态，尴尬地坐回座位。

"我虽然说话重了点，但心里还是希望你们四个镇子能够协同发展。没想到我只是稍微激将一下你们就都按捺不住了，这样的气量怎么能治理好镇子呢？"

方正树语重心长，吴朝明却在心里怀疑方正树挑拨这三人的动机。不信任的种子一旦埋下，只会越来越茁壮地生长。不知为何，吴朝明突然有种不好的预感。他望向窗外，黑压压的天空给人更加沉重的压抑感，今晚连丝毫月光都看不到。

"外面天又阴了呢。"方雨凝突然说道。她的声音听起来像是自言自语，吴朝明愣了一下，决定接话来缓解一下尴尬的气氛。

"也许又要下暴雪了。"

"我刚才听到广播里的天气预报，今晚应该只是阵雪，不会超过半小时。"

看着吴朝明和方雨凝自然地聊天，其他三人面面相觑。他们原本私下里早有约定，在方正树决定出谁获胜之前，三个人谁都不能主动和方雨凝说话。然而，这个约定在吴朝明自然地与方雨凝对话后，就显得非常可笑了。刚才还剑拔弩张的二人眼神一变，相互对视以后立刻达成共识，开始一致对外。

"说起来，西平镇是不是现在还没有一辆轿车？"

最先开口的是姚凌。

"别说轿车了，恐怕连电视机都没有一台吧。"

接话的是谢玉安，他的脸上带着恶作剧的表情，似乎要把刚才丢的脸面都在吴朝明身上找回来。

"你们太刻薄啦，西平镇不过就是比较穷一些，何必贬低人家呢？"

于林久没有恶意的耿直话语此刻却似火上浇油一般。

三人都看着吴朝明，期待他的失态。

吴朝明站起身来，微微鞠躬示意："我们镇子的确是不如其他镇，我父亲虽然是镇长，但是平时也经常干农活，自然也没有什么钱用来置办电器。我并不认为这是羞耻的事，甚至可以说我以我爱劳动的父母为荣。我反而觉得，如果我的父母把我教育成了没有礼貌和修养的人，这才更令我的父母蒙羞。你们也一定这样认为吧？"

吴朝明说话时脸上一直带着微笑，丝毫没有怒气。三人碰了一鼻子灰，都羞愤得说不出话来。

方正树露出了赞许的表情。

"我看大家吃得差不多了，我就说一下我安排的一个娱乐项目吧。接下来我给你们二十四小时的时间准备，明天晚饭后请大家到大厅集合，展示你们最拿手的一项才艺。"

方正树的话让吴朝明非常惊讶。方正树真是太随性了，心血来潮就让这些人即兴准备才艺表演，如果想表演乐器或者绘画，根本没有相应的乐器和绘画工具，该如何表演呢？

其他三人一点都不感到惊讶，好像早就知道有这件事，甚至还一齐幸灾乐祸地看向吴朝明。

吴朝明立刻就明白了方正树的用意。其实考察早就开始了，提前知道方正树要考验候选者的才艺这件事也是考察的一部分。商人要不择手段地获取对手的情报，所以事先买通仆人知晓方正树的计划也是能力的体现。

吴朝明并没有感到愤愤不平，本来就没有所谓的公平竞争。其他几人的爱好不用想也知道，一定是需要耗费大量财力的富人爱好。而他唯一的爱好就是看书，即使事先知道了有这样一个展示环节，他也无可奈何。

姚凌不屑地笑道："我还说你们两个怎么这么急着来，比我早到一天，原来是偷偷准备表演，躲在屋子里练习。"

"那又怎么样，我们和只会动粗的你不一样，是真正的艺术家。"

于林久罕见地严肃反驳了姚凌，看得出他对自己所谓的"艺术"非常珍视。

"那就走着瞧了，艺术家！"姚凌模仿于林久的语调，阴阳怪气地说。接着他用力拍了拍于林久的肩膀，后者的肩膀明显歪了一下。于林久紧咬嘴唇，没有说话。

姚凌得意地走上楼，谢玉安和于林久也随后走上楼梯。

"你不知道要向父亲展示才艺，所以没做准备吧？真是抱歉。"方雨凝的语气很愧疚，"父亲很早就已经决定了，其他几人为了知道我父亲的想法，早就收买了我们家的用人，这对你实在太不公平了。"

"没关系，反正就算给我时间准备，我也没什么拿得出手的才艺。我和他们竞争完全没有胜算，所以你也不必道歉。"

吴朝明用诚恳的语气说道。这完全是他的真心话，这顿晚餐几乎让他打消了残存的一丝幻想。比起其他几位候选人，他无论是财力还是能力都差得太多。况且吴朝明本身也不是做商人的料，敏锐如方正树一定从第一眼就看出了这一点，然后把他从心里的名单中划去了吧。

"既然你原本就没有什么想法，那我也就不必担心你会失落了。"

说完这句话，方雨凝转身离去。

又惹她生气了。吴朝明苦恼地望着她的背影。

究竟是哪里又做错了呢？吴朝明低头盯着手中的《假面的自白》，希望三岛由纪夫能给自己一个答案。

2

吴朝明又一次在梦里看到了那个女人。她站在吴朝明面前，吴朝明试图伸手把她抓住，然而指尖刚刚碰到女人的身体，他就鬼使神差地向前轻轻一推，女人踉跄地向后倒下，然后迅速向下坠落……

和以往不同的是，这次是吴朝明把她推下去的。意识到这一点后，吴朝明不禁打了个哆嗦，为什么我要推她？在那一瞬间，我是想要抓住她的，但是手却不听我的话，向前推去。哦对了，这不是我的身体，我只是在凶手身体里的旁观者……

吴朝明发现自己还没有惊醒。这种感觉很奇妙，明明知道自己在做梦却无法醒来。他向四周看去，梦中的环境开始变得具体，一切似乎都很熟悉，却又很陌生。

正下方这块平地和周围的景色都是雪白，所以吴朝明从没有发现原来在这个梦境世界里也有地面。吴朝明低下头，脚下所踩的地面渐渐有了实景，他的脚边几步就是悬崖，这是他第一次这么清楚地观察这个悬崖。

终于，他从梦中醒来。吴朝明这才发现自己的头发和衣服都已经被汗水浸湿。或许是在现实中进入了雪山的缘故，这一次的梦比以往更加猛烈，感受也更加清晰。吴朝明越来越确信，这一切都是父亲的亲身经历，他和父亲的记忆通过血脉联结在一起，在梦中汇合，当来到这雪山后，这种共鸣变得越来越强烈。

吴朝明呆呆地坐着等待心情的平复，十分钟之后才平缓下来。他把睡衣脱下换上新衣服，洗漱好之后下到一楼。方雨凝竟已坐在一楼的客厅，看样子早就梳妆打理完毕了。

"你起得真早啊。"吴朝明不禁感叹。

"我本想早起看一次日出，感受一下雪中朝阳的景象呢。"

"那你没看到吗？"

"可惜啦，今早没有雪，白跑一趟。"方雨凝柔声问道，"你又是为何起得这么早呢？"

吴朝明并不想跟她讲自己做噩梦的事，只是含混地说了一句："习惯如此罢了。"

方雨凝如释重负地说："太好了，我还以为你在我家里住不习惯。"

吴朝明连忙解释："怎么可能，我在乡下从没有住过这么好的房子，从没有睡过这么软的床，这一晚我睡得很安稳。"

这完全是真心话。除了在醒前的几秒钟里被噩梦缠上，这一晚吴朝明睡得非常安稳，甚至可以说是半年来他睡得最沉的一次。究其原因，恐怕是因为和自己梦中的女子相见了吧，想到这里吴朝明的脸又瞬间变红。

方雨凝察觉到他的异样，问道："怎么，是不是在梦里梦到自己想见的女孩子了？"

吴朝明连忙挥手掩饰自己的失态。

"不是的。我才没有什么想见的女孩子。"

方雨凝嘟起小嘴。

"是吗？我还以为你一直都想念着我呢，我倒是一直都没有忘记你，总想去你的镇子找你，可是我母亲去世得早，父亲的身体又不好，不留在他身边照顾我不放心。到头来还是没找到机会。"

听到方雨凝真诚的话语，吴朝明突然感到心中一阵暖烘烘的。虽然知道方雨凝并没有其他的意思，但是吴朝明的心跳却快得要从胸口蹦出来。

"真是抱歉，当时没有来得及问你的联系方式。你都已经把书借给我了，我却没有问你的地址，实在是很没礼貌。多亏你父亲给了我们重逢的机会，不然我真的不知道该去哪里还你的书。"

方雨凝微微一笑。

"这本书我其实早就已经读过了，我父亲的书橱里有很多日本的小说，我从小就耳濡目染随他读了不少。"

吴朝明感到有点惊讶，"那你为什么还要买这一本呢？"

"当然是因为，老板的故事吸引了我呀。他跟我说，这个书是被一个小男孩看中了的，又给我讲了他的事迹。我就想怎么会有这么可爱的男孩子，说不定我买了这本书以后就可以跟他见面了。结果没想到真的这么巧。"

方雨凝的话又让吴朝明脸颊变红。

"我也只是平时喜欢乱读而已。其实对于日本文学，我并没有非常全面的了解。我不会日语，只读过有中文翻译的书。"

"那你可以在早餐后去我父亲的书房借几本来看。他也很喜欢日本文学，只要是有中文翻译的，不管是多么珍稀的，他都有。"

"他的喜好我倒不是很感兴趣，你呢，说说你吧，你最喜欢哪一位作家呢？"

方雨凝说："我最喜欢的作家是三岛由纪夫。"

吴朝明吃了一惊。以他所知，少有女孩子喜欢三岛由纪夫的作品，特别是方雨凝这样的大家闺秀，也许她只是单纯被他华丽的语言折服了吧。她喜欢三岛由纪夫笔下拥有美丽肉体的贵族美少年吗？如果这样的话，那她就绝不可能看上我这个乡下没有来路的无名青年了。

"我最喜欢的作品当然是《丰饶之海》系列，你也看过吧？"

吴朝明点点头，《丰饶之海》系列曾经是吴朝明非常喜爱的小说。三岛由纪夫对事物华丽的描写和人物心理入微的刻画让他久久难忘。他曾经试过学习这种写法，然而年纪轻轻的他，以自己的见识和阅历远远达不到这样的细致，所以很快就放弃了。那仅仅是两年前的事，但是这两年间吴朝明成长了许多，已经不再是那个仅凭文笔来评价文学作品的少年了。如今再想起，他并不是十分喜欢三岛由纪夫笔下的人物，他们都是一种自负且自恋的心态，那种青春少年的积极和热血与大多数同时代日本文学作品的忧郁截然不同，也与吴朝明生来就易哀怨感伤的性格不符。相比之下，吴朝明更能体会到川端康成小说中的孤独感和卑微感，以及谷崎润一郎作品中男性的自卑和自轻，这些情感才更易让吴朝明产生共鸣。

"《丰饶之海》系列一口气读到结尾实在是非常悲伤。"

吴朝明审慎地评价道。他认为与其绕弯子讨论那些细节描写而回避小说的主题，还不如直截了当地表达自己的看法。

果然，听了这句话后方雨凝歪着头，一脸不以为然。

"我倒是一点都不觉得悲伤。"

吴朝明想了想，谨慎地说："我的悲伤主要是因对本多繁邦的同情。本多垂垂老矣，但是美少年却在轮回转世中永远年轻，这种悲哀和无力实在让人感同身受。"

"你明明很年轻，居然会对一个老年人共情，真令人意外。在我看来，本多繁邦循规蹈矩、畏畏缩缩，最重要的是，他从出生就是老年人，这是他悲剧的源头。如果生来就有炽热的青年之心，就永远都不会老去，即使身体死去，精神也还会在轮回转生中永生。这个青年的名字可以是松枝清显，可以是饭沼勋、安永透，甚至可能就是三岛由纪夫。名字和身体只是一个外壳，我能看到在这些人物当中所蕴藏的那种不灭的力量。我很向往这种力量。"

吴朝明很想反驳她，轮回的结果不是永生，而是寂灭。但是他抬起头看到方雨凝熠熠生辉的眼眸时，却一下子被震慑住了。这神采让吴朝明觉得很陌生，但是却充满感染力，就像在凝视一团火，让他感到目眩。

吴朝明没想到方雨凝居然也有如此激情澎湃的一面，稍微有些诧异。不过他转念一想很快就理解了，她其实一直是这样热情的人，只不过吴朝明之前并没有清楚认识。现在他看出来，他自己就是一块清冷的冰，而方雨凝就像一团热烈的火，与她靠得太近，他的身体甚至要被融化了。

那么放在日本文学里，方正树又是一个什么样的角色呢？突然，他想到一篇很短的小说，那是日本作家泉镜花写的。那篇小说里的主人公似乎和方正树的形象重合在了一起：自大、傲慢、偏执……那篇小说写的是什么故事，吴朝明无论怎么努力都想不起来。由于并不怎么喜欢，他对小说的剧情已经忘记得差不多了，只记得书名和音乐有关。

"那么你最喜欢的作家是谁呢？让我猜猜，芥川龙之介还是太宰治呢？"

吴朝明不是不能理解方雨凝的话，但是当她这样问询后，吴朝明的答案便显得有些说不出口了。

"我最喜欢的是织田作之助。"

织田作之助笔下的人物和吴朝明一样，他们知道自己的悲哀，了解自己的短处，却只能忍受这些继续活着。这样一种低微如泥土般的姿态，让自卑的吴朝明最有共鸣。

"是吗，那下次我读读看。"方雨凝淡淡的回答让吴朝明松了一口气。还好她没有读过织田作之助的作品，他开始后悔刚才这么草率就说出这个名字。

3

姚凌、于林久和谢玉安起床后，五人一起吃过早点，坐在客厅里聊天。五个人中只有吴朝明还穿着昨天的衣服。

考虑到在山庄只需要住三四天时间，吴朝明只带了一套换洗的衣服，所以身上穿的这一套还要再穿一天。意识到大家都是每天换衣服这件事时，他又感到自卑起来。

"各位昨晚睡得好吗？"方雨凝优雅大方的样子丝毫不输方正树。

吴朝明连忙点点头，那三人却没有什么反应。从他们有些重的黑眼圈可以看出，这三人大概都心事重重，一晚上没有睡好。毕竟对于每个人来说，这是关乎人生的大事。吴朝明是最轻松的一个，他没有什么心理压力，毕竟他从一开始就没抱多大希望。

"承蒙款待。方叔叔在哪里啊？今天他有没有安排我们做什么？"谢玉安最沉不住气，语气有点急躁。

谢玉安直白的问话虽然有些冒失，但确实是大家共同的疑问。身为主人的方正树从早餐到现在都没出现在大家面前，吴朝明感到很奇怪。

方雨凝笑着解释道："我父亲他身体不太舒服，应该会在床上再躺一会儿吧。不过原本今天也没有什么重要的事情，按计划今天只是让大家各自准备自己的表演而已。看大家的状态似乎已经准备得差不多了。"

说到表演，其他三人都露出了胜券在握的表情，似乎对自己信心满满。吴朝明并没有惊慌，他本就觉得这是一件毫无胜算的比拼，所以反而不必费心准备了。

方雨凝说："既然大家兴致不错，那就一起玩个游戏吧。"

此话勾起吴朝明一丝兴趣。如果是方雨凝喜欢的游戏，那一定不会是纸牌那种打发时间的消遣。考虑到她的兴趣，说不定是与侦探相关的游戏，一想到能再次见识方雨凝的推理能力，吴朝明兴味盎然。初次相遇时的一番推理让他感到惊艳。方雨凝说出自己的推理时脸上那种自信的表情，他真的很想再看一次。

"游戏吗？有意思，我玩游戏从来没有输给别人。"姚凌似乎误解了方雨凝的意思，大概以为方雨凝在说纸牌或者电子游戏。可是事实上方正树并不允许别人在山庄里用电子产品，所以那些游戏机什么的也肯定没有。

"游戏机算金属物品吧，望雪庄里肯定没有。"谢玉安自作聪明地说道。

于林久点点头。"上次我带录音机进来被方叔叔看到，他很生气，立刻叫管家爷爷没收了。"

"可我带铅球进来方叔叔就没说什么，看来是对我有偏爱。"

姚凌得意地说道。

发现话题有些偏离，方雨凝连忙笑着摆摆手。"并不是电子游戏哦，我其实并不喜欢电子游戏，一方面是因为我玩不好，另一方面是我无法从中获得趣味。"

方雨凝的话和吴朝明的想法十分契合，他对方雨凝的喜欢又多了几分。他和其他三人一样，饶有兴味地期待着方雨凝说出游戏的内容。这时，方雨凝从口袋里掏出一沓折叠好的纸。

她把纸放在茶几上，对大家说："这是我几天前就写好的一个谜题，还没有来得及写这个谜题的答案，正好让你们来猜一猜。这个故事改编自我们兴安山里非常出名的一个传说，所以在雪天去读这个故事，很合适呢。"

听到"传说"二字，吴朝明的心里不由得咯噔了一下。难道说是那个雪女传说吗？

吴朝明和其他三人凑过去一起翻开那几页纸，刚读了开头，吴朝明就明白了大概，这个故事应该就是改编自那个非常有名的雪山之女传说。这个传说他听说过很多版本，不知道方雨凝是根据哪个版本改编来的。他还记得当他提起雪女传说时，方雨凝的脸上露出了异样的表情，也就是说她可能知道那件事，也许吴朝明噩梦的根源可以在这篇小说里找到。

其他三人都开始认真阅读。吴朝明也屏住呼吸，认真看了起来。

第四章　幻影

Chapter Four

1

没有下雪的早晨　谜题篇

"已经读完了吗。"

看对方的表情估计他已经读完最后一页，李萌圆轻轻问道。

"没想到你会写出这样的小说。"

吴香椎一口气读完了几万字的手稿，只冒出这样一句话，这
让在一旁等待看他反应的李萌圆有些不悦。

"就这样的反应吗？很失望吗？"

"不，怎么说呢，与我想象中有所不同。"

"还没有发生案子啊，继续看下去嘛。"李萌圆把手中的另一
沓稿纸递过去，吴香椎却连忙摆手拒绝。

"有点累了，让我休息一会儿。"

"什么嘛，这可是好不容易在这个充满灵感的地方才写出来
的故事，很期待你的评价呢。"

"这里还真是个神奇的地方，正因为十年前发生过那种事情，
才会让我们以如此低廉的价格买下来。你居然把小说发生的场景

设置在这个山庄里，读起来真的有点让人害怕。"

"你该不会是相信诅咒之类的东西吧？"李萌圆看着胆小的吴香椎，不禁咯咯地笑出声来。

"其实我已经大致知道会是什么样的展开了，你的想法什么时候能瞒住我。"

"哦？讲讲你的看法。"李萌圆终于露出了稍微认真点的表情。

"你的行文中对一切物品的细节都没有过度渲染，人物的形象也极其模糊，看似是一个个不同的人物，给人的感觉却只是被强行拉进故事中的观众，与故事并没有太多的关系。整体阅读感受就像以旁观者的视角在观赏一个人的梦境……"

李萌圆满意地点了点头。

"但是并不讨厌哦，这种感觉。"像忽然想到了什么似的，吴香椎补充道。

"啊，想起来了。"吴香椎忽然惊呼出声，"你曾经提到过的一个小说构思，在封闭的暴风雪山庄中人物一个个死去，最后却揭示一切都是两个主角的设计，所有人物都是被主角选中，被带领到推理小说发生的舞台上，成为这场活剧的牺牲品……"

"你还记得那个老套构思呢，我都快忘了。"

李萌圆的态度模棱两可，甚至可以说有点故弄玄虚，这种时刻她在吴香椎眼里格外可爱。吴香椎微微一笑，喝了一口手中的龙井茶。

清爽的茶水带来如夏日海滨般的感受，屋内的炉火烧得太旺，两人几乎忘记了自己正在兴安雪山的一间小屋里，窗外就是一望无际的皑皑白雪。远处的群山也是白色，与云彩相互融合，偶尔传来几声渺远的雷声，宛如山神的低吼。"这场雪已经下了整整一个月了呢。"李萌圆也顺着吴香椎的眼光望向窗外，喃喃说道。

"是啊，无论太阳升起还是落下，阴天还是晴天，雪花都是一成不变地飘扬着，就像一段不断重复的画面。如果不是亲身经历过的人，恐怕根本不敢想象世上竟会有气候如此极端的地方。反过来说，在其他以阵雪出名的地方，每一场雪最多只能持续十分钟，在我们看来也是奇观了。"

"是啊，大自然的规律没有人能准确预料，即使是烈日炎炎的夏天下起白雪，我也只会惊奇，却不认为这是不可能发生的事情。哪怕只有一亿分之一的可能性，那也是大自然展示给我们的奇景。"

李萌圆说这些话时，面无表情，语气里也没有丝毫情感，就像是不热爱本职工作的中学地理老师，正在背诵着早已准备好的知识。外面突然响起一声闷响，似乎比之前的雷声近了不少，但是日夜生活在雷声中的二人，已对此见怪不怪了。

"你说的那种情况，只有小说中才会出现吧？夏天的暴雪什么的，实在是违背科学。"

"并不是哦，根据东洋的新闻报道，曾经也有在孤岛上出现夏日暴雪的事情发生。当时这个现象还作为神迹而被广为传诵呢。"

"听起来就觉得好不真实，反正这条新闻也和你其他的见闻一样，是随口瞎编的吧。"

吴香椎这样说时，原以为被揭穿了谎话的李萌圆好歹会露出一丝羞怯，没想到对方却一脸严肃，好像在深思什么事情似的。

"那个神迹，我记得好像是……"李萌圆认真地回忆着，却忽然被吴香椎打断。

"萌圆，快看！"

李萌圆顺着吴香椎的手指向窗外望去。

"雪……停了。"

两人兴奋地跑到玄关前。大门被积雪堵住，两人用了好大的力气才打开。

推开门的一刹那，一股冷风呼啸着钻进房内，对于几乎被困于雪中山庄近一周的两人来说，这一股清新的风无疑很沁人心脾。

被冷风吹进屋内的吴香椎，重新穿上了厚厚的棉衣，换上了雪地靴，小心翼翼地踏出第一步。

积雪瞬间吞没了他的膝盖，好在没有顺势攀上大腿，这让吴香椎稍微放心了。

"原来积雪并不很厚。"

"虽然一直在下雪，但不是很大，一直都是小雪。而且雪本身会因为重力作用很难堆积到特别高的高度。"李萌圆在一旁一本正经地解释道。她刚刚换了一件红色的厚棉袄，脖子上围着针织的火红色围巾，安静乖巧的样子看起来和普通的高中生没什么两样。

吴香椎看着李萌圆过于稚气的打扮，"扑哧"一声笑了出来。

"你刚刚是不是在心里嘲笑我的穿着？"

"我没有。"吴香椎连忙调整表情。

"我们去玩雪吧。"李萌圆心情不错，所以对吴香椎的嘲笑并没有追究。她一步一步踏出一行整齐的脚印，而这行脚印的尽头是一棵参天大树，李萌圆与吴香椎在树下驻足。

"好累啊！明明才走了五十米左右。"

"还不是因为雪太厚了，走起路才会这么费力。"

"记忆中这条路没有这么短啊，这棵树应该在更远的地方才对。难道是大雪造成了认知障碍？"

"你又开始这种无聊的幻想了……等等，那是什么？雪下面好像有东西。"

吴香椎手指所指的方向是大树下。由于大树的遮蔽作用，树下的雪比其他区域要薄得多，只到吴香椎的脚踝。

"看起来似乎是人的脚。"说话间，李萌圆一个健步冲了过去，开始用手清扫树下的雪。

"果然……"

树下不远处的雪地上，躺着一个浑身是血的女人。

"能看出是怎么死的吗？"与李萌圆相反，吴香椎在法医学方面完全是外行，因此他只能在一旁安静地观察。

"全身粉碎性骨折。从受伤的严重程度来看，多半是摔死的。"

李萌圆淡淡地说出这句话，吴香椎却震惊得说不出话。

吴香椎望向离这里最近的一个山头——西边几百米外的山丘。坠落而亡最基本的要求是"高处"，而那山头就是方圆百里最高的所在了。

"这怎么可能……"

到这里需要简单说明一下案发现场的地形。望雪山庄建造在兴安山中，属于较高的一座山峰，发现尸体的大树在望雪庄东侧五十米，附近最近的高处是西边几百米外的山坡。

"那么死者就是从那座山落下，被风吹到树下的咯。"

"你是白痴吗？"李萌圆对于吴香椎脱口而出的猜测嗤之以鼻。

"那山顶离我们现在的位置大约两百五十米。垂直高度大约两百米。这就是个简单的平抛物理模型。从山顶平抛一个人，假设有风力作为动力，想克服空气阻力飞过两百五十米的距离，几乎是不可能的。"

"那么这具尸体是如何飞了这么远的呢？"

"你还是认为尸体是从山顶飞落吗？"

"正常人都会这么想吧。"

"可是从那么远的山头飞来，几乎没有办法做到吧。"

"那么会不会是一群鸟儿把尸体衔来的呢……"

"停，太不切实际了，让我们换个思路吧。你刚才检查了尸体，死亡时间确定了吗？"

李萌圆略带挫败地摇了摇头。

"没办法确定，她在死后一直在温度极低的雪地里，凭我掌握的医学知识根本没办法确定她的死亡时间。不过根据她身上积雪的厚度可以推算出她'进入'雪地的时间，大约是凌晨四点到五点。"

"这个时间大家都在睡觉啊……"

现阶段来看，这又是个无用的线索。李萌圆安慰道：

"在本案中推断死亡时间其实没什么意义。对于大部分刑事案件，推断死亡时间是为了调查嫌疑人的在场证明，进而排查凶手。但是在本案中并没有所谓的'嫌疑人'存在。"

"也就是说这是一个'howdunit'的谜题，而对于'who'则无须在意咯。"

"没错，讨论到底是自杀还是他杀，以及凶手是谁，这些问题都是白费时间。我们唯一要解开的谜题就是她到底是如何进入雪地的。至于她到底是自己摔死还是被人搬运到这里，对我们来说并没有什么区别。"

"至少我们可以确定她绝不可能是被人杀害后搬到这里的，因为以雪地的这个厚度，只要留下脚印就不可能抹去，而我们接近大树前可是看过了，雪地上没有任何脚印。"

"看来我们进入瓶颈了呢，华生。"

李萌圆嘴上这样说道，嘴角却露出了一抹神秘的笑容。

"怎么看你的样子完全没有困扰啊？"吴香椎不解地问。

"因为我已经找到答案了。"

吴朝明最先读完，他仔细观察其他几人阅读时的反应。三人都紧皱眉头，似乎都被题目难住了，又似乎在为其他事情忧心。

其中反应最明显的是谢玉安。他的手紧紧地攥着，肩膀抑制不住地颤抖，明显是对什么事物感到恐惧。

"你身体不舒服吗？"吴朝明问。

"不关你事！"

谢玉安大声喊着，用力把吴朝明搭在他肩膀上的手甩开，接着转过头用低沉的语气对方雨凝说："对不起！我要回房间了，昨天晚上没有睡好。"

"那好吧，你好好休息。到吃饭时我叫你。"方雨凝似乎没有察觉谢玉安的异常。吴朝明虽然非常担心，但是碍于身份没有表现出来。

"大家都看完了吧，有没有什么想说的？"

方雨凝的目光在三人的脸上移动，让吴朝明感到有些紧张。

"我已经知道答案了。"姚凌耸耸肩，一副"既然你们让我说那我就说吧"的无所谓样子。

"那请你讲讲吧。"

"但是时间很紧，我马上要回房间进行武术练习了，每天十点钟准时开始，绝不能迟了。"姚凌语速飞快，眼睛扫了一下壁钟，"两个字就能说清楚：雪崩。"

"你是说死者是被从山顶滚落的雪挟带着掉落在雪地上摔死的吗？"

方雨凝脸上丝毫没有惊讶，淡定的态度明显让姚凌慌张了起来。

"正是如此。这就是我能想到的唯一答案。"

方雨凝不置可否地点点头，没做任何评价。

"抱歉，我先失陪了。"

姚凌嘴上客气，身体却比嘴急多了，话还没说完就向着楼梯走去，显然对剩下两人的答案毫无兴趣。

"那么你呢，有答案了吗？"姚凌的身影消失在楼梯时，方雨凝转头面对吴朝明。

"没有想法。"吴朝明直言，他看到方雨凝明显皱了皱眉。

"我觉得可能是地震吧……"方雨凝的视线落在于林久脸上时，他战战兢兢地说道。

"具体讲讲。"方雨凝终于表现出了一点兴趣。

"地震波分横波和纵波，纵波会让地上的物体上下移动，横波会让物体左右移动。所以，凭借地震波的力量可以让一个人飞起很高再掉落摔死。"

方雨凝轻轻点了点头。

"是个不错的想法。"

"抱歉，我有点事，先回房间去了。"吴朝明心里惦记着谢玉安，决定去看看。

吴朝明心情复杂地敲响谢玉安的门，门打开一条缝隙，谢玉安谨慎地问道："你想干什么？"

"我只想和你聊聊天，并没有恶意。"

谢玉安迟疑了一下，还是开了门。

"请进吧。"

"你没事吧?"

"为什么会这样……"谢玉安没有理会吴朝明,喃喃自语道。

"发生了什么?"

"那篇小说,你不觉得熟悉吗?"

吴朝明轻轻摇摇头。在他印象中从没看过相似的情节,如果硬要说的话,倒有点像自己一直以来做的那个噩梦,但是谢玉安怎么可能知道他做的梦的内容?

"哦对,你当时不在……"谢玉安似乎冷静多了,"抱歉,刚才失态了。"

"看得出你被吓到了,虽然不知是因为什么,但是大家都有自己害怕的事情,没关系的。"吴朝明一脸真诚,谢玉安似乎被他的温柔感动,露出了惭愧的表情。

"之前对你的态度不好,实在抱歉,没想到这个时候唯一关心我的人居然是你。"

"别这么说,我觉得你们都没有恶意,只是都不够坦诚罢了。"

"怎么可能坦诚呢,这是事关生死的大事情啊!是你太幼稚了。"谢玉安紧皱着眉头。

"生死攸关……有那么夸张吗?"

"原本四个镇子之间相互合作,维持共同的平衡,这个时候突然说要从我们四个人中选择一个人继承方家的财产,平衡就不复存在了,这后果你能想象吗?"

谢玉安的忧虑显然发自内心,而他的话也刚好触及了吴朝明心底的恐惧。

"难道方叔叔是故意要看我们四个镇子斗来斗去吗？这样做对他有什么好处呢？说到底，我们四个镇子的经济不都掌握在他手里吗？我们相互争斗对他也是有害无利。这不符合他商人的心态。"

"理由说不定是有的……先不说这个，有一件事我必须告诉你。这是一件除你以外所有人都心照不宣的事，我觉得只有你一个人不知道太不公平了。"

"请说吧。"

"这个房子里……有鬼。"

谢玉安的表情非常惊恐，那是一种发自内心的真实恐惧，吴朝明不得不认真对待他的话。

"为什么这么说？"

"比如，有人在房间里听到隔壁传来奇怪的声音，但是去隔壁却发现是空房间。这种事时常发生，我自己也经历过，那感觉就像有个看不见的人在我身边……"

谢玉安一脸心有余悸的表情。

"另外，不知道你有没有听过一个传说，跟雪山中的女人有关……"

听到谢玉安提及这件事，吴朝明连忙激动地点头。见他这种反应，谢玉安用一副过来人的口吻说道："你对这件事也感到好奇吧，但是你肯定不知道，这个传说是真实的。"

"真实的？"

"就是真实发生过的意思。"

"什么！你也是目击者吗？"吴朝明难掩震惊地叫道。

"什么叫'也'？"谢玉安露出狐疑的表情。

"我其实……"吴朝明不知道该如何解释自己在梦中"目击"这件事。

谢玉安的表情变得有些防备。

"我只能跟你说这么多了，我只是觉得你人挺好的，但是太单纯了，应该多留个心眼。"

似乎是意识到自己说得太多了，谢玉安没有继续说下去。

望雪庄里果然隐藏着许多秘密。吴朝明还想再多问一些细节，但是抬头看到谢玉安的表情，便把到嘴边的话都咽了下去，只剩一句"你好好休息吧"。

2

晚饭后，照约定就是表演各自才艺的时间，方正树先给所有人一小时的时间准备。一小时后，吴朝明走下楼。只见姚凌、谢玉安和于林久已经坐在客厅沙发上。

姚凌气定神闲地跷着二郎腿，他的上衣换成了黑色宽肩运动背心，露出了手臂上发达的肱二头肌。谢玉安坐在离他稍远的椅子上，看起来也是一副胸有成竹的样子。他面前的桌上摆放着摊开的雪白宣纸，宣纸旁是青花瓷的小碟，里面有一层浓浓的墨汁。旁边的笔架上从大到小摆放着一排狼毫，吴朝明对书法略懂一二，从毫毛的质地上能看出笔的质量确属上乘。于林久手中捧着一个精致的小木箱。

方正树和方雨凝坐在沙发的另一侧，方正树还穿着刚才的黑色西装，方雨凝换了一件白色连衣长裙，从领口露出白皙的脖颈。吴朝明走过来时，她没有看向他，而是面无表情地望向窗外，好像故意在无视他。

"看来大家都做了充分的准备，那么我们就开始吧。"

方正树话音刚落，就听到"唰"的声音响起。

原来是谢玉安已经握住毛笔，开始在宣纸上笔走龙蛇。

吴朝明仔细一看，不由得暗自惊叹。

谢玉安写的是楷体，然而与大部分人所学的颜真卿、柳公权以及欧阳询的字体不同，他写的是魏碑。魏碑体看似笨拙朴素，但是却上承汉代隶书、下启隋唐楷书。正如康有为所说："古今之中，唯南碑与魏碑为可宗。"

"几年不见，小安子的书法已经炉火纯青了。"方正树也在一旁微笑赞赏。

谢玉安写字时和平时判若两人，非常认真，皱着眉低着头，眼睛几乎要贴到宣纸上。

"雕虫小技罢了。"谢玉安谦虚道。姚凌在一旁虽然一脸不屑，却没有说出任何讽刺的话，看得出他也有点钦佩谢玉安。

"接下来到我了。"一旁的姚凌早已跃跃欲试。他走到客厅中央，开始做热身动作。

"喝！"姚凌大喝一声，紧接着便是一连串华丽的组合拳和连续踢。

"漂亮！"吴朝明忍不住称赞道。

"啊！"姚凌突然大叫一声，迅速弯下腰，脸上露出了痛苦的表情。

"怎么了？"方雨凝关心地问道。

"没关系，不小心闪到腰了，回去抹点红花油就好了。"

吴朝明扶着姚凌坐在沙发上，姚凌有些抱歉地说道："我没关系，你们继续吧。"

"那么轮到我了。"

于林久缓缓站起，打开小木箱，从中拿出一个方方正正的扁平木板。

"这是我的木刻作品。"

他将正方形的木板缓缓转过来，所有人都不禁"哇"了一声。

木板上刻的浮雕，是挂在客厅里的浮世绘《神奈川冲浪里》的微缩版。

"这是我在一天内完成的。"于林久补充道。只用一天就完成了这样一幅作品，就算边缘有些粗糙也很正常，然而于林久的作品却无比精美，肉眼看来没有半点瑕疵。

所有人的目光一齐聚集到吴朝明身上。

"对不起，我没有什么可以表演的才艺。"

"那就算了。"方正树面露愠色地挥了挥手，似乎在责怪吴朝明毁了气氛。"雨凝，你给大家弹一首曲子。"

方雨凝走到钢琴旁，意味深长地看了吴朝明一眼，接着便揭下钢琴上的黑色丝绒布，坐在旁边的凳子上。

指尖跳动之时，悦耳的音乐也随之响起。方雨凝健硕的小臂上，肌肉跳动着，盯着看久了简直就像一个生命力旺盛的小动物。

曲毕，所有人都沉浸在余音中，久久不能平静。

"这首曲子叫什么名字，有人知道吗？"

方正树忽然问出这个问题，把大家从音乐中拉回现实。

然而却没人回答他。并非他们矜持，而是因为方雨凝演奏的这首曲子的确太过生僻，没人听过。

半晌，吴朝明怯怯地说："这首曲子，是普罗科菲耶夫的第二钢琴协奏曲第四乐章吧。"

众人都回头看向吴朝明，那目光就像在看一个怪物。

"之前偶然听到过一次，便记下来了。"吴朝明连忙解释道。

"很厉害啊，年轻人。"方正树赞许地点头，接着吩咐方雨凝继续弹奏下一首。

这首曲子的旋律非常"简单"，但是却具有一种吸引人的沉郁气质，让人忍不住沉浸其中。

"这是萨蒂的《裸体舞曲》，我很喜欢的一首曲子。"

演奏完毕，吴朝明毕恭毕敬地说道。

方正树大吃一惊。

"不可能，收录这首曲子的唱片在国内应该只有我有，广播电台应该也从没播放过吧。"

"我的确是未曾有幸听过，只是看过乐谱而已，方小姐的这次演奏和我想象中这首曲子的声音完美结合在了一起，可以说是一次非常幸福的享受。"

方雨凝微微一笑，对吴朝明的赞赏表示愉快。

"看你对古典音乐了解的程度，你应该也会弹钢琴吧。"

"略知一二，只能弹比较简单的曲子。"

吴朝明没有妄自菲薄，他只在市里的娱乐室里弹过公共钢琴，一周会去一两次，也不可能有什么绝顶的技艺。

"那我们一起弹一首曲子吧，我知道你一定会这首。"

没等吴朝明答应，方雨凝就搬来一把椅子，放在自己椅子的旁边。

吴朝明虽然能弹基本的曲子，但他现在连方雨凝想弹的是什么都不知道，而且也从未尝试过四手连弹，所以他感到有些慌张。但是已经被方雨凝占据了主导，就只好顺水推舟地坐下。

方雨凝的手指飞舞起来，只听了一小段开头吴朝明就辨出这是拉威尔的《鹅妈妈童谣》中的第四乐章，标题是"美女与野兽"，很符合现在的情景。他也跟随方雨凝一起开始演奏，两人的身体时不时地碰撞到一起，吴朝明的脸颊变得绯红，方雨凝却毫不避讳。

曲毕，两人都精疲力竭，吴朝明感觉自己手臂肌肉有些酸痛。

方正树满意地点点头，站起身，说道："我乏了，各位请随意娱乐吧。大厅有棋牌室。"

　　方正树转过身正准备向楼梯走，忽然想起什么似的转头对方雨凝说："你安排一下几位客人洗澡，别忘了先去烧热水。"

　　"是。"方雨凝简洁地回答。她的表情比起刚才缓和了许多，这让吴朝明松了口气。

　　"浴室在副屋里，只有三个隔间，每烧一次水只能有三人洗澡。"

　　吴朝明会心地点头。方雨凝的意思已经很明显了，除了吴朝明以外刚好有三人，所以吴朝明只能在他们之后洗澡了。对于先后顺序这种问题吴朝明原本并不在意，倒是方雨凝那充满默契感的发言让他觉得两人之间似乎有一瞬间是心意相通的，这让他稍微开心了些。

　　"我最后洗吧。"吴朝明自觉地说道。其他几人没有接话，他们肯定也觉得这样安排最合理。

　　"那我现在去烧水，水烧开大概需要半小时，请各位少安毋躁，回到自己的房间休息一会儿。"

　　方正树上楼后，于林久等人也陆续上楼，方雨凝则去烧水，吵闹的客厅瞬间安静下来，只剩下吴朝明一人。

3

　　"当、当、当——"挂钟响了八下。

"热水烧好了，我去楼上告诉他们一声。"方雨凝走进来说道。

"解答……"

"答案之后再告诉你，先动用你的灰色脑细胞猜一猜。"方雨凝露出俏皮的表情，转身向楼梯走去。

吴朝明颓然地坐在椅子上，对于之前看过的谜题，他一点头绪都没有。

窗外的天空已经黑透了，云层并不厚，还稍微能看到半遮半掩的月亮和微弱的星斗，这是山里最常见的星空。

今晚会下雪吗？大概是今晚太多人提起下雪的事，正望向月亮的吴朝明心里冒出这个疑问。

"在看什么？"

沉稳的男声在吴朝明背后响起，让他身体不自觉地打了个哆嗦。

"我在看月亮。今晚月色很美。"

方正树对吴朝明带着童真的回答报以一笑，似乎心情不错的样子。

"你会下棋吗？"

"中国象棋我会一点，只懂皮毛。如果是围棋就完全不会了。"

"正好我也很喜欢象棋。既然月光这么美，我们就对弈两盘吧。"

"好，愿意奉陪。"

　　方正树把吴朝明引到大厅内的一张香檀木方桌前，两人相对而坐。仔细看桌上的花纹，正是象棋里的楚河汉界。方正树从桌子的格档里掏出一个木盒。打开盒子，里面是整齐排列的黑红两色棋子。然而，鳞次排列的黑色棋子里有一个空格。

　　"奇怪，怎么会少一个棋子？"方正树狐疑地问道。

　　"是不是上次用过后忘记收回了？"吴朝明礼貌地提问。

　　"不记得上次下棋是什么时候了，平日根本没人陪我下棋。"方正树轻轻摇头，接着一副释然的表情继续说道，"没关系，我先找个别的东西替代一下吧。"

　　方正树找来一个圆形的小木茶杯替代那枚缺失的棋子，摆上去以后，大小正合适，方正树满意地点点头，用长辈特有的大度语气说道：

　　"你年纪小，你红方，先落子。"吴朝明没有推辞，连忙在棋盘上摆好自己的一半棋子。

　　实木的棋子比想象中还要沉重。

　　对弈开始。吴朝明最初还试图说两句闲话活跃气氛，接着发现方正树无比认真地对待这场比赛，他连忙也用最严肃的姿态来回应。

　　十几步之后，两人的节奏明显放缓了下来。

　　方正树每次落子前都要思考很久，吴朝明表面上维持着轻松的姿态，心里却在认真计划着一击制胜的方法。

　　或许是年纪大了，方正树的思维似乎比不上年轻人敏捷。在一些不太重要的棋步上他都要思索良久，这让吴朝明渐渐产生了一种莫名的骄傲感，紧随其后的便是同情——任何懂象棋的人都能看得出，他比眼前的这个中年男人更强。而这种差距并非由于天赋、技巧抑或经验，只因为单纯的年龄之差。这让吴朝明第一次对眼前近乎完美的中年男人产生了一丝怜悯。无论他用多么昂贵的护肤品和发胶，也无法掩饰自己的身体正在走向衰老的事实。

坐在吴朝明的角度可以看到正对面的玄关和玄关旁边的楼梯，因此下棋期间姚凌、谢玉安和于林久先后走出大门去洗澡，都没有逃过吴朝明的眼睛。

从附近的窗户望向外面，几米内就是副屋一楼的侧墙。这面墙上有两扇对开的窗，副屋内的灯光将窗户映得发亮。

"该你了。"

听到方正树不悦的声音，吴朝明才意识到自己发呆的时间有些长了。

吴朝明偷眼看方正树，对方的眼神竟也飘忽不定，看起来心事重重。吴朝明恍然大悟，方正树在棋盘上处于劣势，并不是因为他的棋技，而是因为他的心思飘到了其他的地方。那么让方正树如此坐立不安的原因是什么呢？吴朝明有种不好的预感，但是他又说不清楚具体的感受。

吴朝明看得出方正树的倦怠，想快点结束棋局。他没有丝毫让步，连续两次抽将收掉一车一马后，又用一个车换掉一车一炮，转眼就把方正树的营盘杀得片甲不留。吴朝明还剩下一套车马炮，而方正树只剩下一个卒了。

"是你赢了。"方正树面无表情地说道。

吴朝明无意中看了一眼挂钟，才八点二十。两人的棋局只用了不到二十分钟。

"对不起，我有些累了，想上楼歇息一会儿。"方正树说罢，心事重重地站起身走向楼梯。

吴朝明只小声应了一声，心里还在猜测方正树究竟在担忧什么。

看着方正树的背影渐渐消失在楼梯的转角，吴朝明长舒了一口气，继续看着眼前杂乱的棋盘发呆。

吴朝明偏过头，百无聊赖地看向窗外。正对着的副屋窗户下，暗黄色的灯影中有许多萤火虫闪着光飞舞。不，如此寒冷的冬季，怎么可能有萤火虫呢？吴朝明仔细看去，那闪着荧光的星星点点，在灯下运动的轨迹竟然出奇地一致：一个个斜向下飘去，就像是一群天使张开翅膀，义无反顾地飞向大海。

是雪花，下雪了！

吴朝明感到莫名的激动，心中的郁闷也忽然消失。期盼了许久的东西忽然出现，这种惊喜的幸福感让吴朝明无比愉悦。

壁钟刚好指向八点半。

兴之所至，吴朝明随意翻开一本方雨凝的钢琴谱，兴致勃勃地弹了起来。

音节与音节不断交替、上升，最终达到了高潮处，吴朝明已经完全沉浸其中。突然，他发现自己弹的曲调有些奇怪，音调的跨度太大。仔细一看，原来是翻页时翻得太快，多翻了一页。

还好没被人看到。犯下这种低级的错误让吴朝明感到有些羞耻，他翻回前一页，继续弹了下去。

一曲终了，吴朝明忽然觉得灵感迸发，他不禁自言自语道：

"我想明白了！再仔细想一遍，我就去和方雨凝说。"

吴朝明话音刚落，楼梯上的脚步声响起，原来是方雨凝下了楼。

"哟，弹琴弹得这么认真啊，在楼上就听到了，虽然有点磕磕绊绊，但是整体还是不错的嘛。"

方雨凝的赞赏让吴朝明瞬间脸红。

"对不起，声音有点大，吵到你了吧。"

吴朝明顿了顿，换了严肃的语气说道："我已经解开你的谜题了。"

"哦，是吗？"方雨凝兴味盎然的样子，对吴朝明来说就是最大的鼓励。

客厅的侧门忽然打开，姚凌从副屋走进来。他的头上包着白色的毛巾，脚步微快，从吴朝明身边走过时留下一阵洗发露的香气。路过吴朝明时，姚凌好像没有看到他似的急匆匆走过。因为他走得太急，吴朝明也没来得及抬起想打招呼的右手。

难道是姚凌看到方吴两人独处，并且还有说有笑，所以感到不悦？吴朝明心里疑惑。

时钟指向了八点四十五分。窗外的暴雪已经停了，由于雪山里特殊的气流，暴雪常常急骤而来，又转瞬消散。没有了雪花的妖娆舞蹈，暗黄色的灯影又变得寂寞了。

"其实答案很简单，我们没人能解开是因为你在叙述中做了手脚，故意隐藏了信息。"

"哦？"

"你在谜面里没有明说，但故事其实发生在战争年代。所以答案很简单，战时会有飞机飞过，女人就是从飞机上掉下来摔死的。"

"这的确是我写这篇小说时的想法，但你是怎么看出来的呢？"

"乱猜的而已。"吴朝明如实说道。

"难得你让我刮目相看，就让我给你一点奖赏吧。把眼睛闭上。"

吴朝明顺从地闭上双眼，心跳急速上升，几乎能听见自己的动脉血捶打着血管，马上就要迸发的声音。

"在我说睁眼之前，千万不许把眼睛睁开哦。"

他的嘴唇上忽然感受到一种物体的接近感，随之而来的是温热而柔软的触感。还没来得及思考那是什么，急骤加快的心跳就让吴朝明几乎昏厥了。紧接着那触感瞬间消失，吴朝明也感觉自己的灵魂随之离开了身体，脚底下软绵绵的，就像刚刚从山脚跑到山顶，又从山顶跑到山脚那么软；心跳得极快，就像刚刚从山脚跑到山顶，又从山顶跑到山脚那么快。总之，吴朝明感到自己被方雨凝带上了仙境，又回到地面，然而脚底的触感还像踩在云彩上一样不真实。

"好了，睁开眼睛吧。"

"刚才那是……什么……"吴朝明突然讲话时，发现自己的嗓子有点哑了，一下子十分尴尬。

"是手指哦。"方雨凝展示了自己的右手，食指和大拇指紧紧捏在一起，显然刚刚触碰吴朝明嘴唇的只是几根手指而已。

吴朝明一下子感到轻松，还有一点小小的失望。

"不然你以为是什么？"

吴朝明答不上来，脸红得跟熟透的苹果似的。

就在两人都说不出话的尴尬中，方正树从楼上走下来，边走向吴朝明边问道："你们看到那三个人了吗？"

方雨凝连忙回答："刚刚姚凌上楼去了，其他两人还没回来。"

方正树皱着眉头思索了一会儿，然后说："已经过了这么久了，这两人会不会出什么事了，我出去看看。"

吴朝明很感激方正树打破了他和方雨凝短暂的尴尬，连忙答应道："是啊，我们出去看看吧。"

刚刚吴朝明虽然也有过怀疑，为什么于林久和谢玉安二人洗澡这么久都没回来。但是，这个疑问在他脑海中只是一闪而过，他的注意力马上被方雨凝吸引了过去。然而，现在方正树的严肃表情让他重新感到紧张，一直以来的不好预感似乎马上就要应验了。

三人从侧门进入了副屋，副屋里的水蒸气氤氲着，却没有在里面看到两人的身影。看得出这里刚刚有人洗过澡，地上的水迹还没干，水汽还是热的，洗浴用品散落一地，似乎发生过打斗。

看到这些吴朝明更加紧张了，说道："去院子里找找。"

从侧门回来，三人换上厚厚的棉大衣，接着去门厅换好各自的雪地鞋。

吴朝明深吸一口气，做好了面对寒风的心理准备。打开房门，一串脚印赫然出现在眼前的雪地上。

地上的雪并不厚，目测还不足一厘米，应该是拜刚刚下过的那场阵雪所赐。这片薄雪就像黑色雪糕上的白巧克力外壳，将望雪庄前这片原本被打扫得毫无积雪的地面轻轻包裹。而眼前的脚印就是一串花纹装饰，将白巧克力外壳均匀地从正中分开。

眼前这串脚印从大门口一直通到百米外的松树下。大门口的屋檐下并没有积雪，树下的一大圈土地由于被树冠遮挡也没有被雪沾染。因此这串脚印就像跨过河流一样，在雪地上建起一座连接空地的桥。

忽然，吴朝明意识到一个被忽略的问题：他们面前只有这一排走过去的脚印，并没有走回来的脚印。

要么是走入雪地的人到现在还没折返，要么是他选择了另一条路走回来。附近的雪地洁白无瑕，不像有人践踏过的样子，显然第一种情况可能性比较大。

谁在这么晚还要冒雪走出去呢？

吴朝明感到很奇怪。正当他准备踏入雪地时，却一下子被方雨凝喝住了。

"不要破坏脚印。绕开脚印走。"

吴朝明吓得连忙把脚缩回来。向方雨凝看去，她的表情又变得一脸严肃，眼神也变得闪闪发亮，看来眼前非比寻常的景象让她再度进入了侦探状态。

于是吴朝明尽量不破坏脚印，沿着脚印旁边一路走了过去。脚印的尽头是那棵参天大树。

渐渐走近，吴朝明才看清巨大树冠所笼罩的地面，有一个突出黑影，那黑影是一个人的形状。他的心中产生了一种不好的预感，似乎今晚所有的疑问都与眼前的画面产生了联系。

虽然那人背对着吴朝明，但从身高也不难判断，那是年纪最小的谢玉安。

吴朝明的心脏已经从胸腔跳到了喉咙，宛如擂鼓一般的震颤感使得他双腿有些发软。

谢玉安的身体蜷缩着，双手保持着紧紧捂住胸口的姿势，指缝间有些深红到几近发黑的液体流出。他的双眼瞪得如铜铃一般，好像在咒骂着面前的人。即使是没什么侦探经验的吴朝明，从谢玉安一动不动的样子和他胸前大量的深红色液体也不难看出，他早已经失去生命了。

方雨凝冷静地从兜里拿出一双黑色手套戴上，把谢玉安的上半身翻过来，小心翼翼地把手指靠近他的鼻孔检查有无鼻息，然后转过身来遗憾地摇了摇头。

"怎么会这样……"方正树的声调虽然不高，但语气里已经没有了往日的那份从容。在吴朝明眼中向来冷静严肃的他还是第一次出现这么夸张的反应。

方雨凝的身体颤抖着，用很小但很清晰的声音说道："决不饶恕……"吴朝明发现她的视线并不是看向尸体，而是看着树干上一片喷溅的血迹。紧接着他便意识到方雨凝如此生气的原因——树干上她母亲留下的刻痕全部染上血迹，她与母亲之间的回忆就这样被谢玉安的血覆盖。

吴朝明感到胃里一阵翻涌，强忍着呕吐走到一旁。他从未见过这样的场面，即使小时候亲戚死亡也只是在葬礼上见到干净的、被修复过的遗体。如此异常的尸体以凄惨的状态陈列于雪地上，对他来说是第一次。他浑身发抖，不仅仅因为天气的严寒和雪山中寒风的呼啸声，更是一种从未有过的恐惧感。

方雨凝是三人中最为冷静的一个。她面无表情地说："我们快去找一找于林久。他和谢玉安两人出门洗澡后都没回来，现在谢玉安出了事，我很担心于林久也出了什么事。"

方雨凝的话语把吴朝明拉回现实，一下子让他从恐惧中解脱出来。他回过身来说道："我们分头去找吧。于林久说不定也遇到了什么危险，我去副屋周围，你们也在主屋周围走一走。"

"似乎没有那个必要了。"方雨凝缓缓地说道。她抬起一根手指，吴朝明顺着她指的方向望去。副屋的侧面墙上有一个黑影吊在那里。仔细辨认可以看出那黑影无疑是人的形状。

"怎么会！"吴朝明失声喊出。一小时前还生龙活虎的两个人，此时此刻就这样惨死在他面前。从小到大他还从未经历过如此恐怖的事情。

三人走到副屋周围，看到了刚才在副屋里看不到的景象。于林久被吊在副屋的房檐下，尸体似乎是被副屋房顶流下来的雪水冲刷而变得湿漉漉，几乎完全湿透了。他的舌头伸出来，眼球也往外鼓着，完全没有了生前俊秀的外表。旁边的地上扔着一个梯子。眼前的景象，让吴朝明精神完全崩溃了。

"他们难道是自杀吗？为什么要放弃自己的生命？我真的想不明白。"吴朝明带着哭腔说道。他从未发现自己原来如此脆弱，两具尸体足以让他的精神完全崩溃。

方雨凝虽然一脸悲伤，但是语气却依然镇定。

"别哭了，像个男人一样振作起来。我想他们选择放弃生命一定有他们的理由。再说我们现在还不确定是否真的是自杀呢。"

"这是什么意思，难道说他们是被人杀害的吗？"

方雨凝说："现在都还不好说，你先冷静下来，我们再慢慢调查。"于是三人回到客厅商讨接下来该怎么做。

"我们应该先保存好他们的尸体，"方正树说，"然后通知他们家里人。总之，现在同时有两个镇子的继承人死在了我的家里，我们一定要尽快与外界联系，不然我没有办法向他们的家人和他们的镇子交代。"

方正树的声音显然有些焦急。他是考虑到自己的身份才说出这样的话，而方雨凝则比他冷静得多。她挥了挥手说："不行，父亲。我们当务之急并不是考虑面子上的问题，而是要查清楚两个人死亡的真相，这样才能给他们的家人一个最好的交代。至少先调查一下他们的尸体，知道他们真正的死因。目前来看，我认为他们很可能死于他杀。"

方正树面露愠色，显然对女儿的公然顶撞感到气恼。吴朝明立刻意识到，方正树可能从来没见过身为侦探的方雨凝。她平日里一直是优雅的大小姐形象，一旦进入侦探的身份就像变了个人一样，立刻变得冷静甚至冷血。

"你有什么证据能证明他们两个不是自杀呢？一个是上吊，另一个是走进雪地里用刀刺死了自己。如此标准的自杀现场还有什么可怀疑的？"

"疑点很多，只是我们还没有发现而已。"方雨凝用彬彬有礼却不失锋芒的语气反驳道，"父亲，您应该也已经意识到了有些不对劲，冷静下来想一想吧。为什么这两个人会在同一时间选择自杀，未免太过巧合。谢玉安的死亡方式也很奇怪，他为什么会特意选择走进雪地再用刀刺自己这种自杀方式呢？这种方式是非常痛苦的。"

"你说的这些都是从心理学的角度分析，并没有实际证据。实际上人自杀之前的心理已经不属于普通心理学的范畴，需要利用异常心理学来研究。谁又能知道别人自杀之前的心情呢？如果不是因为心里已经绝望也不会自杀了，所以自杀的人可能会选择常人无法理解的死亡方式，因为他们当时的心态已经不正常了。"吴朝明在一旁分析道。

方雨凝微微一笑："我想这些话还是等你看过尸体之后再说吧，连尸体都不敢正眼看的人也想在这里冒充侦探了吗？"

方雨凝的话让吴朝明胸口仿佛遭到重击，虽然很不甘心，却没办法反驳。她说的对，我是一个懦夫。一想到刚刚在方雨凝面前手足无措、丢尽颜面，吴朝明就感到非常懊悔，恨不得在地上找个缝钻进去。

方雨凝没有理会一脸生无可恋的吴朝明，转头向父亲恳求。

"父亲，求您给我一次机会，让我去调查尸体的状况吧。在我看来这两人死于谋杀的可能性真的很大，如果等警察来到山庄再调查，所有的痕迹都已消失了，他们也无从查起。如果警察定为谋杀却因为线索不足没有办法破案，那才无法向其他几个镇子解释呢。"

比起刚才摆出证据证明谋杀的可能性，方雨凝这番动之以情的恳求似乎对方正树更为有效。特别是最后一句话，刚好切中方正树的要害，他的表情一下子变得柔和起来。

"那好吧，我允许你们两个人现在去调查。事先说好，如果尸体有什么异状，我再允许你考虑谋杀的可能性。如果找不到两人死于谋杀的证据，那就乖乖地按照我说的把尸体完整保存好，等待他们的家人来认领。"

方正树强硬地给这段讨论画上了句号。

吴朝明愣了一下，然后才发现方正树的话里好像提到了"两个人"，也就是说一开始他就被看作方雨凝的小跟班了。

吴朝明愣神的工夫错过了最佳的反驳机会，事到如今"我不想去调查尸体"这种话也已经说不出口了。他只能安慰自己，这是在方雨凝面前重建男子汉形象的好机会，然后硬着头皮装作毫不畏惧的样子跟方雨凝一起出了门。

"接下来就请你做我的助手吧。真的很感激你愿意陪我。说实话，这也是我第一次接触真正的尸体，所以还是会有点害怕。"

方雨凝的感谢让吴朝明一下子充满了力量。虽然他见过方雨凝进行推理时的样子，但说到底她也只是个女孩子，调查尸体这种事自己怎么能躲在女孩子后面呢？

"请相信我，我一定会竭尽所能做好保镖工作。"

"是助手啦。"

方雨凝自然地牵起吴朝明的手。冰凉却柔软的小手像一捧清凉的雪，吴朝明触电似的酥麻感瞬间从手部向全身蔓延开来。

"来吧，助手先生，让我们一起去看一看尸体。"

第五章　英雄

Chapter Five

1

　　雪已经停了很久，但是山里的雾气和时不时刮起的裹挟着雪沫的风仍然让人感到刺骨的寒冷。

　　吴朝明跟在方雨凝的身边，两人从外面经过屋檐走到副屋。

　　方雨凝的左手自始至终都牵着吴朝明的右手，因此这段路吴朝明走得非常狼狈。"女孩子的手真的好柔软。"满脑子都是这个想法的他，感觉脚下变得轻飘飘的。

　　"你冷吗？"

　　"不……不冷，倒是你的手怎么这么凉？"

　　"天生就很凉，以前看过中医，说是气血不足之类的问题，没办法彻底治愈。你的手很暖和。"

　　吴朝明低头看着方雨凝雪白的手，深青色的血管宛如白瓷上的花纹。"白如凝脂，素犹积雪。"吴朝明忽地想起这句话来，用这句评价甜白釉的话来形容方雨凝的手简直是最贴切的比喻。

　　从主屋的大门出来走到副屋，方雨凝走到尸体旁仔细查看，吴朝明在一旁只看了一眼，胃里就传来不适感，连忙把视线转向周围。他原本拿着手电筒，想为方雨凝照亮。来到尸体旁才发现根本不需要，主屋客厅窗户的灯光把尸体周围照得通明。

吴朝明忽然有种奇异的既视感：明明是第一次来到副屋，却觉得眼前的景象他之前好像在哪里见过。

他换了几个角度审视这扇窗户，很快就发现自己这种既视感的来源——这个窗户是他刚才在客厅坐的位置恰好能看到的那扇窗。

靠近窗户仔细观察，吴朝明发现他在客厅里坐的角度竟刚好可以看到于林久吊死的位置。窗外的灯光很暗，加上距离又远，他可能没办法看清楚吊着的东西到底是什么。但如果这里悬挂着于林久的尸体他绝对会发现异样，这一点他可以确定。为什么过了这么久他都没有察觉这里吊着一个人呢？

吴朝明仔细回忆着印象中上一次瞥向窗户的时间。姚凌从副屋回到主屋时，他顺势瞥了一眼副屋方向的那扇窗户，并没有发现任何异常。那时应该是八点四十分。那之后他就和方雨凝聊天，没再注意这扇窗户了。也就是说于林久一定是在八点四十分之后死亡的，假如他是被人杀害的，凶手名单里首先也要排除姚凌，因为姚凌回到主屋时于林久还没死。

吴朝明想到这儿，觉得自己发现了很重要的一条线索，想立刻告诉方雨凝。但看到她正在聚精会神地查看于林久的尸体，吴朝明便打算过一会儿再说，他也站在一旁默默看着于林久的尸体。

于林久的身体湿漉漉的，外套上还结了一层薄薄的冰。他的外衣上有很多红黑色的斑块，似乎是血斑。最可怕的是他的脸，不仅变成了青紫色，而且舌头还向外伸出，像是吐着信子的眼镜蛇。吴朝明只敢用余光瞟向他的脸，根本不敢细看。

"有什么发现吗？"看到方雨凝站起身，吴朝明连忙问道。

方雨凝说："线索有很多，只不过要让我再仔细想想才能得出结论。目前我只能说于林久不是自杀的。"

吴朝明非常惊讶，因为在他看来于林久的尸体就是上吊自杀者应有的状态，不知道和他看到同样东西的方雨凝为何得出了截然相反的答案。

"你是如何确定的呢？"

方雨凝指着尸体旁边的梯子，说道："第一个疑点就是尸体旁的梯子。一般人上吊自杀用来垫脚的东西都是椅子或者其他比较稳定的东西，用梯子作为自杀垫脚物太不稳定了，实在无法理解。"

"梯子可能是于林久用来悬挂绳子的。"

方雨凝微微一笑："如果于林久拿一把椅子，就可以方便地站在椅子上把绳子系好，然后再站在椅子上，把椅子踢掉，但他偏偏选择了梯子。你想象一下，如果他选择梯子，应该如何上吊呢？"

"先踩着梯子系好绳子，然后站在梯子上把绳套套在脖子上……"吴朝明越说越没有信心，画面慢慢呈现在眼前，他才意识到这个动作有多么别扭。

"所以你知道了吧，如果于林久真的是自杀，他就不会选择不适合上吊的梯子，而会选择稳定可靠的椅子。"

"会不会是于林久只能拿到梯子，不能拿到椅子呢？或者说梯子对他来说更方便拿到。"

方雨凝摇摇头。

"你第一次来我家，对我家里的东西摆放并不清楚。梯子是于林久在浴室旁的工具室里找到的，但是椅子却在浴室内，更容易拿到。所以事实与你想象的完全相反，他不仅没有拿近在眼前且更便于使用的椅子，而选择了去工具室内寻找并不那么方便的梯子。这样说你就明白了吧？"

"的确不符合自杀者的行动。"吴朝明心悦诚服。

"唯一合理的解释是：这个梯子是凶手的工具，他踩在这个梯子上把于林久吊死在屋檐下。"

方雨凝又走近尸体，蹲下身。

"为了成为好的侦探，我研究过一点法医学，对法医鉴定略知一二。于林久死亡时间尚短，不足半小时，所以尸体还没有变硬，没有太多的尸斑。"

方雨凝指着尸体的后脑："让我确定这是谋杀的第二点理由在这里。"

吴朝明连忙凑过去查看，于林久的后脑有个很明显的凹陷，凹槽内的毛发紧紧贴在头皮上，原本笔直的短发一小缕一小缕地卷在一起。

"这里有钝器击打过的痕迹，但是这个痕迹并不是很深，恐怕不足以致命。估计凶手是先把他打晕之后再将他吊死在这里的。"

"看起来好像也没多严重，都没怎么出血……"

"别用手碰。"

吴朝明刚想用手触摸那个凹陷的伤痕，立刻就被方雨凝严厉制止了。他连忙缩回手，这才注意到方雨凝从一开始就戴了她的手套。

"出血与否并不是衡量受伤是否严重的唯一标准，尤其是脑部，如果是内伤或者淤血，可能比视觉冲击力大的大量出血更为严重。你印象中头部大量出血的画面，都是头皮受伤出血，那种情况反而不会太严重，只要及时进行缝合包扎，不会危及生命。但如果是钝器击打损伤了大脑的内部结构，那可是会危及生命的。"

吴朝明若有所思地点点头。他见过的脑部受伤者多是镇里青年打架斗殴，受伤的人常常血流满面，极其恐怖。然而，这种伤者在卫生所缝好伤口，再用绷带包扎固定头部，一两周内就能恢复。眼前这种钝器所致的内伤，他从未见过。

"这个伤痕有没有可能是他在自杀时自己的头撞到了后面的墙造成的呢？"

"我没有先进的检查仪器，但仅凭肉眼就可以判断，平整的墙撞不出这样深的凹痕。"

"看起来像是用打狍子的那种棒槌打的。"

吴朝明回忆起小时候跟随父亲和舅舅去山里打猎的场景。说是山不如说是小土岗，但在五六年前还没有限制打猎时，小山里的山珍野味几乎可以养活整个西平镇。或许正是因为大家都抱着这样的心态，再加上打猎的手段越来越高级，从原来的一杀杀一个变成了一杀杀一窝，不知哪天开始，山里就再也见不到狍子了。

打狍子的土办法就是在狍子可能觅食的路上设置好陷阱，看着狍子掉入陷阱里，就过去用棒槌打狍子的头。狍子被打晕后，就地绑起来然后带回家。这种方法打的狍子因为没受过枪伤，肉质不会被火药污染，人吃了不会中毒。

"这伤痕一定是被某一球状钝器击打而产生的，但目前我还没有看到疑似凶器的球体。一会儿再去周围找找吧。虽然他的头部被球状钝器袭击过，但从他的死状看，死因是机械性窒息。也就是说凶手当时行凶的步骤应该是这样的：先用某个坚硬球体击晕了他，然后再将他吊死在屋檐下。至于我为什么确定他是被勒死而不是自缢，是因为第二个疑点。我在他的脖子上被绳子勒过的部位发现了端倪。"

吴朝明凑到尸体旁边。他闻到尸体身上传来的奇怪的味道，不禁皱起眉。

方雨凝却像什么事都没有发生一样，指着尸体的脖子给吴朝明看。

"看这个很奇怪的勒痕。他如果是自杀身亡，那么绳子留下的印记，应该只有短短的一条，也就是说只有与脖子接触的地方会被绳子勒出痕迹。但是他的脖子上却留下了数条绳印，这说明他曾经被反复勒过。试问，如果他真的是自杀，又怎么可能留下这么多痕迹？只有一种情况可能会留下这样的痕迹，那就是凶手在他背后用绳子勒住他的脖子时，他反复挣扎才留下了很多条绳印。”

"那会不会有这种可能：他虽然是自杀，但是为了嫁祸给其他人，伪装成谋杀，所以才自己用绳子制造了这个痕迹。"

吴朝明依然坚持着“自杀说”，虽然眼前的一切几乎让他找不到理由反驳，但他还是不愿意去思考“谋杀”这个词。他知道这个词背后的含义，相比之下自杀显然更容易让他接受。

"这种可能性并不能说完全没有，但概率非常小，只有不到千分之一。除非查出于林久有必须自杀的理由，否则我不会考虑。如果于林久想要自杀并伪装成谋杀嫁祸给别人，应该用更容易被辨识的手段，而不是用上吊这种一看就是自杀的方法。如果像谢玉安一样，用刀自杀来假装自己被袭击，岂不是更像谋杀吗？"

吴朝明若有所思地点了点头。如果一切都要往于林久自杀的结论解释，那么就只能解释为于林久先用钝器击打自己，然后忍着剧痛踩着梯子自杀，而在此之前还需要用绳子给自己的脖子制造一些勒痕……想到这儿，他只能暂时抛弃于林久自杀的假设。

方雨凝不再说话，皱眉思索着，似乎思路遇到了阻碍。吴朝明忽然意识到自己身为助手的职责，这时候就要尽可能说出自己见到的疑点，哪怕对案子并没有实际帮助，至少可以帮助方雨凝开拓思路。

"我发现尸体有一个奇怪的地方。"

吴朝明轻咳一声，把方雨凝的注意力吸引过来。

"于林久的尸体上有大量的水，衣服都被浸透了。按时间来算，他被吊住的时间并不长，最多半小时。这段时间里怎么会刚好有这么大量的雪水从屋顶流下来呢？"

"应该是姚凌在副屋中洗澡时，水蒸气使得房顶温度变高，所以雪才化成水流了下来吧。"方雨凝的语气中透露出她对吴朝明提出的疑问并不关心。她的双臂机械地大幅度挥动着，双眼紧盯着自己的手，似乎在模仿凶手击打于林久时的动作。

方雨凝的解释吴朝明并不是没有想到，只是他自己对这个解释不满意。无论怎么说水量都有些超乎寻常，水在屋檐下结成冰溜，一滴滴从于林久的鞋滴落在地，地上已经结了冰。于林久的衣服上也结了薄薄一层冰，他被吊在这里最多不过半小时，在这么短的时间内会有这么多水流下来吗？

抛开这一点不谈，吴朝明忽然想起自己刚见到尸体时想到的更重要的线索还没有告诉方雨凝。

"还有一个疑问。刚刚我仔细看了看这个位置，发现一个奇怪的事，尸体吊在这里刚好可以被客厅里的我看到，但是印象中我在客厅并没有看到这边有什么异常。"

"真的吗？你确定可以看得清吗？"

方雨凝猛地转过头，谨慎地问道，显然对这个信息非常感兴趣。吴朝明再次回忆之后，依然非常肯定。

"虽然不是特别清楚，但有没有异样还能看得出。如果于林久被吊起来，我从客厅透过窗子绝对可以看到一个人影。我在八点四十分之前都坐在客厅里，能看到这边，确定没有发现这边有异常，从那之后就不知道了。"

听了吴朝明的证言，方雨凝环抱手臂沉思，接着露出了神秘的微笑。

"这是个很重要的信息，是这个案子到目前为止最有趣的部分。"

方雨凝似乎又进入了解谜世界，眼神稍微有些狂热，与平时判若两人。吴朝明认为此时对案件的线索进行梳理，才是自己身为助手的本分。

"我们现在至少可以知道于林久是八点四十分之后才被吊起的，所以在那之前回到主屋的姚凌绝不可能是杀害于林久的凶手。"

方雨凝不置可否地笑了笑，然后自顾自走进副屋。

吴朝明连忙跟随她进了副屋。方雨凝对自己所做的证言的暧昧态度让他有些摸不到头脑。按理说这是一个很有力的证据，可以直接排除掉一个嫌疑人，方雨凝却没有对此展开评论。

屋里的水蒸气已经散得差不多了，之前的热气也渐渐变冷，两人将地上散落的洗浴用品捡起，在架子上摆好。

"这是什么？"吴朝明看到地上有一个圆球，直径大约十厘米，看起来很沉重，似乎与打晕于林久的凶器形状完全相符。

这次吴朝明学乖了，没有直接用手去碰那个球，他意识到这可能就是两人想找的凶器。

方雨凝用戴着手套的手拾起球，在两手中转动，查看着上面留下的痕迹。

"这是我父亲为望雪庄定制的守护球。你还记得这里的雪山传说吧？虽然我不相信什么传说，但是这里的确是邪气很重的地方。为了辟邪，父亲特地请法国的巫术师制作了很多铅制的守护球，放在各个房间，以此镇压邪气。你应该在房间里的桌上见到过。"方雨凝话音未落，就像想起什么似的补充道，"哦，我想起来了，你的房间里没有，所以你没有见过。"

为什么我的房间没有呢？吴朝明觉得现在不是问出这个疑问的时候。

"果然，铅制的球体上找不到什么痕迹，连一根头发丝都没有。但是在找到其他疑似凶器之前只能先假定于林久是被这个球打晕的。"

方雨凝恭敬地将守护球摆在洗脸台上的小底座上面，然后走出了副屋。吴朝明连忙跟上。

从副屋出来后，方雨凝从副屋的屋檐下一路走到主屋的屋檐下，吴朝明紧随其后。他知道方雨凝是为了尝试走一遍凶手可能走过的路，所以才没有直接走向谢玉安尸体的方向。

"这样走果然不会留下脚印，只有从屋檐下到树下这段距离会留下脚印。"

方雨凝没有理会吴朝明的自言自语。她从屋檐下走到雪地中，一路上每走一两步就蹲下身来小心翼翼地查看雪地上的足印。

谢玉安的尸体侧躺在树下，身体周围的一片土地被参天大树的影子笼罩，没有沾染一片白雪。远远望去，在这个被雪围成的圆圈里，谢玉安就像净身后被摆上祭坛的牺牲者。只有他身体周围和树干上的暗红色痕迹，才能让人意识到眼前是一桩极为凶残的谋杀案的现场。尸体旁唯一的奇怪之处是不远处的雪地里摆放着一个木盒子。

"这个盒子你认识吗？"方雨凝小心翼翼地把盒子捡了起来，盒子上没有积雪。

"看起来是于林久的木刻刀工具盒。"

为何于林久的工具盒会掉落在这里呢？吴朝明想。

谢玉安的穿着和吴朝明印象中他出门时一样：黑色皮夹克，棕色牛仔裤，脚上穿的是与吴朝明同样款式的雪地鞋。

方雨凝蹲下身来，从上到下仔细检查着谢玉安的尸体。吴朝明在旁边认真观察着，视线紧随方雨凝的手移动。黑色皮夹克外套上，全是一块块深黑色的污渍，吴朝明意识到那是血液凝固后的颜色时，差点呕吐出来。

方雨凝终于站起身时，吴朝明一脸自信地说："我知道真相了。"

"你该不会想说真相就是自杀吧。"方雨凝打趣道。

"不，谢玉安是被人谋杀的。"

"哦？"方雨凝兴致盎然，连珠炮似的给吴朝明出了一大堆难题："那你怎么解释雪地足迹？雪地上只有一行脚印，这脚印可能属于谢玉安，也可能属于凶手。如果这行脚印属于谢玉安，凶手如何才能不留足迹地进入雪地，杀害谢玉安后又不留足迹地离开雪地呢？如果这行脚印属于凶手，那他进入雪地杀了谢玉安后，又该怎么离开雪地呢？"

"脚印这个问题很简单，甚至可以说并不算是个问题。我们换个思路，想想最简单的答案：如果凶手压根没有进入雪地，自然就不会留下足迹了。谢玉安是被人刺中之后，才一步一步走到雪地里。凶手没有跟他一起进入雪地，所以也就不会留下足迹。"

"那么为什么谢玉安被刀刺中之后要向雪地里走呢？"

"当然是为了逃命。他害怕凶手追上来，所以才快步走进雪地。而他的逃跑也的确达到了目的，凶手害怕留下脚印所以没有追进雪地。然而，谢玉安受伤远比他想象的严重，凶手站在屋檐下一直看着谢玉安，直到他咽气。"

"按照你的推理，凶手是谁呢？"

"凶手就是于林久，尸体旁的雪地上掉落的这个木盒就是证据。一定是于林久一直把盒子放在口袋里，杀害谢玉安时不小心掉落他却没有发觉。雪地足迹里还留有一些木屑。恐怕这些是于林久杀害谢玉安时沾到他身上的。还有最重要的一点，刚刚我看于林久的尸体时，注意到他的外套上有很多红黑色的斑块，很明显是血迹。于林久是被勒死的，并没有大量出血，所以那一定是杀死谢玉安时沾上的血！"

看到吴朝明充满自信的样子，方雨凝忍不住莞尔一笑。

"很精彩。"

吴朝明一脸茫然，不明白自己哪句话逗笑了方雨凝。

"怎么了，我的推理不合逻辑吗？"

"想法很不错，全部推理都是从观察得到的细节出发，这一点值得称赞。"方雨凝顿了一顿，显然接下来要说的话才是重点，"但是你犯了一个低级的错误，你在推理之前连现场都没有仔细检查。材料不足就进行推理，这是侦探的大忌。"

方雨凝拉着吴朝明，指着树干上的血迹。

"看到树上喷溅的血迹了吗，这说明树下就是第一案发现场。"

吴朝明连忙凑过去仔细查看。棕黑色的树干上有些黑色的斑块，仔细辨认，原来是已经变成深黑色的血迹。

吴朝明仔细检查之后还是决定坚持自己的判断。

"我也略懂一点医学知识。我知道如果刀插在心脏上不拔，刀就像一个塞子一样塞在心脏上，血不会喷溅。只有当刀拔出时，动脉血才会喷薄而出。所以当时的情况可能是这样：谢玉安被刀刺入心脏以后，一步步走入雪地中，他不知道拔刀会让自己失血过多而死，反而以为拔掉刀才会让自己不痛。当他把刀拔出时，鲜血喷溅到树上。"

方雨凝听了吴朝明的解释，失望地摇了摇头。

"你又在看完全部事实之前就妄下定论了。我劝你还是再仔细看看现场，至少先看看尸体。"

方雨凝把尸体转过身来。眼前的景象只能用触目惊心来形容，吴朝明从未见过如此恐怖的死状，方雨凝却一副若无其事的样子。谢玉安的表情因为痛苦而扭曲，双目绝望地圆瞪，几乎辨认不出他生前的样子。他的衣服完全被血浸透，并且由于以面朝下的姿势在地上趴了太久，血已经蔓延到下半身。也许是天气寒冷的缘故，深红色的血迹在黑色皮夹克上凝固，乍一看就像夹克上涂了一层暗红色的油漆。

"好惨……"

吴朝明对谢玉安的愧疚又深了几分。吴朝明轻轻闭上眼睛，脑海中又浮现出谢玉安恐惧的模样。他曾经向我求助，我没能帮助他，谁能想到一转眼他就遭遇不测。从小到大都没有经历过至亲逝世的吴朝明，此刻忽然意识到生死之间的巨大鸿沟，这是一种超越悲痛的情绪，或许更接近空虚。悲痛是有对象的，然而面对失去生命的谢玉安，吴朝明又该对谁感到悲痛呢？

"是啊，因为刀拔出的缘故，他的动脉血喷溅而出，很快就失血过多而死了。说实话，这么恐怖的死状我也是第一次见。"

"说起来，心脏如何被刺中的呢？胸骨明明是这么坚硬的东西。"吴朝明摸着自己胸前坚硬的胸肌和肋骨，感到十分疑惑。

"肋骨也是有缝隙的，你自己摸摸就知道了。缝隙和骨头的宽度差不多，但是骨头很滑，刀子就算插中骨头也会自动滑进缝隙里。刀可以轻松穿过缝隙，刺破胸膜，然后直刺心脏。"

吴朝明摸着自己的肋骨，似乎的确如方雨凝所说，肋骨的间隙非常薄弱。

"看到尸体之后有什么新想法吗？"

"除了死状很恐怖之外没有其他感想……"

吴朝明有些自暴自弃的语气并没有让方雨凝生气，她反而像幼儿园老师一样一点点给吴朝明解释。

"你仔细看看受伤的部位。"方雨凝左手掀开谢玉安的皮夹克，右手指着他白 T 恤上被血染红的伤口，"心脏周围的部分有两个相距很近的刀口。"

吴朝明不敢仔细查看谢玉安的伤口，只能硬着头皮俯身观察。的确如方雨凝所言，他的衣服上有两个相距很近的破洞，由于衣服已经被血液黏在了一起，刚刚吴朝明并没有察觉这一点。

方雨凝用戴手套的手小心翼翼地翻开谢玉安的 T 恤，衣服和身体的交界处由于已经被血黏住，分开时发出"刺啦"声。忍耐着喉咙里不断上涌的呕吐感，吴朝明斜过头用余光看着方雨凝清理创面。谢玉安并不宽阔的胸膛上，两个长约三四厘米的伤口紧挨着，周围的血液早已经结块。

"谢玉安被刺了两刀。"吴朝明垂头丧气地说。他当然知道这意味着什么——如果按照他的推理，谢玉安是被人杀害后自己走入雪地，他不可能拔出刀刃之后对自己的心脏再刺一刀。

方雨凝补充道："还有一个证据，地上的脚印是整整齐齐的一竖排。受到了致命伤的人，就算能勉强步行一段距离，也不可能步伐这么稳健。"

吴朝明沉默着点头。

"从留下的痕迹分析当时应该是凶手在树下把刀刺入谢玉安的身体，再把刀拔出来，之后又在他的心脏上捅了一刀。"

听了方雨凝的精练总结，吴朝明愈发为自己乱下定论的行为感到懊悔，直面谢玉安的冰冷伤口之后，他才对死亡这件事的严肃性有了实感。

"我的推理的确有致命的漏洞。这些痕迹都表明无论谢玉安死于自杀还是凶杀，凶案现场一定在这棵树下。"说完他就低下头，像个犯了错的孩子。

"不必太自责，犯错是成为侦探的必经之路。从线索到真相这个过程中出现错误很常见，我也不敢保证我的推理就完全正确。"

方雨凝低下头来仔细地查看地上的一排脚印。紧接着她好像突然想到了什么，再次去查看尸体的脚，然后又蹲在地上仔细观察地上的脚印。这样反复了四五次，她才站起身来面对吴朝明，缓缓开口。

"我已经仔细地检查过了，地上的脚印和谢玉安的鞋底纹路完全一样，鞋码也几乎相同。但是这种雪地鞋是我父亲定制的，每个人的都一样，所以不能确定这个脚印属于谢玉安。

"没错。我穿的也是方叔叔给我的雪地鞋，我们每个人的样式都一样。"

"这就是我们遇到的最大难题。所有人的鞋子样式都一样，所以如果是同一个鞋码的人，他们留下的脚印也是一样的，我们并没有办法区分。你的鞋码是多少？"

方雨凝用审问犯人的语气问询，吴朝明愣了一下后回答："我是 37 码。似乎和雪地上的脚印差不多大，所以我也有可能是凶手。"

"我目测谢玉安的脚比你的要大一点。来，把你的脚和地上的脚印比一比。"

吴朝明顺从地把脚悬在了脚印之上，仔细一看，脚印比自己的脚要略大一圈。

方雨凝在一旁满意地点了点头。

吴朝明说道："以肉眼来看，脚印只比我大一圈。那么谢玉安的鞋码和地上脚印的鞋码应该都是 38 码，地上的脚印应该就是谢玉安的吧。"

"这还不好说，说不定凶手也是 38 码的脚。等一下我们再用尺子重新量一下，这样比较准确。"

"你还记得每个人的鞋码吗？"

"这个简单，一会儿我去问父亲做鞋之前统计到的尺码，这样所有人的鞋码就都清楚了。"

"你还在怀疑这一串脚印可能是凶手留下来的？"

"如果谢玉安是被杀的，那么雪地上的脚印当然很可能属于凶手。刚刚我们已经通过现场勘查确定，树下就是第一现场，凶手不可能不进入雪地就杀人。"

吴朝明依旧迷惑。

"那也很奇怪。凶手为什么只留下了进入雪地的脚印，却没有留下出来的呢？难道他是在雪地里杀了谢玉安之后飞走了吗？"

方雨凝故意用低沉的声音幽幽地说："凶手说不定真的会飞，就和杀害雪中女人的凶手一样。"

吴朝明不禁吓了一跳，回头看方雨凝才发现她一副恶作剧成功的表情。吴朝明这才明白，原来她只是在故弄玄虚吓唬他。

"好啦，我们回去吧。在外面太久，我都有点冷了。"方雨凝自顾自地说道，接着便向屋内走去。

2

　　吴朝明踏入玄关时听到客厅内飘荡的音乐，是德彪西的名曲《亚麻色头发的少女》，虽然不是他喜欢的曲子，但是这倒很符合吴朝明的猜测。看到墙上挂着的莫奈和浮世绘，他就已经料到方正树最喜欢的作曲家是德彪西。

　　推门而入，方正树正在柜子旁站着，似乎在找什么东西，见吴朝明走进来，他立刻关上了柜门。

　　"调查进展如何？"方正树的语气虽然故作低沉，却难掩内心的不安。

　　"两具尸体已经初步检查过。基本上可以确定都是谋杀。于林久被人先用钝器击打后脑再勒死，谢玉安是被人用刀刺中心脏，连续两刀，失血过多而死。"

　　"我刚才看到了，谢玉安的尸体旁边只有一串脚印，这是怎么回事？"方正树狐疑地问道。

　　"这一点还在调查。那串脚印的主人目前也不能确定，为了查清这点，首先要知道所有人的鞋码，我要一个个排除才行。"

　　"我请人定做鞋子的发票应该还留着。"方正树说罢，向自己的房间走去。过一会儿，他走下楼来，手中拿着一张对折的白色A4纸。

　　方雨凝如获至宝般打开折叠的纸，仔细查看表格。

　　吴朝明也凑过去看，他想验证自己的目测对不对。

谢玉安的鞋码的确是 38 码。除他以外，姚凌和方正树的也是 38 码，雪地上的足迹一定是这三人中的一位留下的。

方雨凝的脚最小，是 36 码。于林久和吴朝明的是 37 码。把所有数据认真记到本子上之后，方雨凝又取来了尺子。

"以防目测有误，我们再量一次雪地上的足印吧。"

知道谢玉安的鞋码是 38 码之后，方雨凝看起来没有吴朝明那么开心，反而有些疑惑，紧皱着双眉。

两人再次走出房间。方雨凝用尺子仔细量了雪地上的足印，并和标准数据对比，确定足印的确是 38 码无误。

回到房间时，方正树正在房内踱步，方雨凝的一系列行动他都看在眼里。方雨凝说自己确定于林久和谢玉安死于谋杀，却没有得到确定的证据，这让方正树变得非常焦躁。

所以看到女儿走进客厅，方正树立刻向这边走来，下垂的嘴角和紧皱的眉头暴露了他的情绪。

"有什么发现吗？给我讲讲。"

"已经发现很多线索了，我们坐下慢慢说。"

突然，房间变得一片漆黑，紧接着楼上传来一声巨响。

"怎么了！"吴朝明大喊一声，"停电了吗？"

方正树说："山庄里的电源是我们自己的发电机。前几天刚刚检修过，没有任何问题，怎么可能会停电呢？"

"别紧张，我们找一找手电筒。父亲，您还记得客厅里的手电筒放在哪里吗？"

方正树沉吟了几秒钟连忙说道："我想起来了，在非洲象牙做的飞鸟雕塑下面。"

吴朝明听到一阵摸索声，接着他感到眼前一亮。

"找到了。"方雨凝说道。

"我们去看看电源吧。"方正树带着两人走进工具间。

"是这个房间。"门推开后，方雨凝把手电筒对准眼前的大机器，灯光下发电机上的电闸开关显然处在了"OFF"状态。

"是谁偷偷溜进来，把电源关掉的。居然在这个节骨眼发生这种事，难道和那两个人的死有关？"

吴朝明非常不解，这个时候别墅里活着的只剩他们三人和姚凌，而他们三人几乎一直在一起。姚凌一直都在楼上，如果他下楼立刻就会被吴朝明等人发现。

方雨凝在一旁观察了半天，说："你们看，问题出在这里。"

吴朝明连忙凑过去，看向方雨凝用手电筒指的地方。

"这里是我们总电源的保险丝。如果这根保险丝烧断了，那么这里整个电源都会强行停止，保险丝旁边这摊红色的泥状物就是蜡烛燃烧过后剩下的蜡泥，这些蜡泥完全暴露了作案人的手法：他先把一根长蜡烛放在这里，点燃蜡烛，当蜡烛燃烧到非常短时，火苗恰好能烧到保险丝，保险丝受热熔断之后，整个发电机就跳闸了。这就是他使用的诡计。"

原来是这么简单的手法！那么究竟是谁做了手脚，他为什么这样做呢？吴朝明正迷惑不解时，方雨凝转头对方正树说："这下子您相信于林久和谢玉安的死没那么简单了吧。"

方正树没有回答，算是默认了方雨凝的侦探游戏。

"我并不害怕这个看不见的凶手。我有信心，只要我们稍微调查一下就可以发现很多线索。这么大的雪，外面的人进不来，所以凶手就限制在山庄内的几个人中。如果另外两人确实是被谋杀的，在这个封闭的空间里只有我们这几个人，那找出凶手是谁还不是易如反掌的事？我相信我一定能在三天内找出真相。"

方雨凝满脸自信地说道，她一边说一边在旁边的抽屉里翻找着。过一会儿，她从里面拿出一根全新的保险丝换掉熔断的保险丝，接着她把电闸推上，整个房间一下子变得明亮了。

"好了，来电了。"

吴朝明十分佩服方雨凝临危不乱的冷静和老练。究竟是什么样的教育和成长环境让方雨凝小小年纪就拥有如此强大的心理承受能力和反应能力？他愈发觉得自己配不上方雨凝。原本他以为两人相差的仅仅是身份和地位这些物质层面的因素，现在想想，其实自己的能力和心理发育程度也都与方雨凝差得远呢。虽然他常被人戏称"小老头"，但说到底还是个孩子，在这种突发事件面前完全慌了手脚。这样的他有什么资格以追求者的身份与方雨凝相处呢？

"我们还是先上楼看看吧，刚才楼上的巨响，不知道是不是从姚凌的房间里传来的。"

正当吴朝明胡思乱想时，方雨凝已经向楼梯走去。

"啊，等等我。"

吴朝明跟随方雨凝快步走上楼。

"姚凌！姚凌！"

吴朝明猛敲姚凌房间的门，喊声也越来越大，厚厚的实木门被敲得砰砰响，然而里面依然静悄悄的，没有一丝回应。

吴朝明尝试转动门把手，把手上传来的阻力让他立刻产生了不好的预感。

姚凌出于什么原因会反锁房门呢？

"锁住了。"

方雨凝没有理会焦急的吴朝明，看她认真的表情似乎在思考眼前的状况该如何解决。

"就算姚凌已经睡了，刚刚我的声音也足以把他叫醒。会不会出了什么事？"

方雨凝皱着眉头说："你着急也没用。客房门锁的备用钥匙放在供电室内的一个保险箱里，只有管理客房的管家才有密码。"

"为什么身为主人的方叔叔没有保险箱的密码呢？"

"这是我的主意。"方正树的声音传来，两人向他看去。方正树终于来到门前，刚才两人跑得太快，以至于他没跟上来。

"保险箱的密码每周一会更换，而且只有管家自己知道，连我也不会被告知。这样一来就可以保证备用钥匙的安全，最大程度尊重每一个客人的隐私了。"

"可是管家现在放假了……"

吴朝明终于意识到了问题的严重性。

"是的，所以整个望雪庄只有姚凌自己有钥匙，如果他从房间里面反锁，我们在外面根本打不开。"

方正树遗憾地说道，他的语气里有一点自责。

方雨凝一脸冷静，略作思考便说道：

"情况紧急，我们用斧头把门砸开吧。"

"似乎也只能这样了。我在这里等你们，雨凝你带他去工具室拿斧头。"

吴朝明紧随方雨凝快步走到一楼，到了副屋之后，方雨凝带他走进浴室对面的工具室。

"斧头在哪儿？"方雨凝的语气是反问，显然有些乱了方寸，吴朝明在一旁干着急却帮不上忙。

"上一次用斧头是什么时候，你还记得吗？"

吴朝明努力帮助方雨凝回忆。

"好像是一周前吧，管家和用人们去砍了柴火……啊！我知道了！"

方雨凝径自走向一个竹篮子，移开篮子后，下面果然是一把巨大的利斧。

吴朝明提起斧头，转身向姚凌的房间跑去。

回到房门前，吴朝明用尽全力劈了几下，木门终于破了个洞。从洞中看去，这个角度只能看到姚凌在床上的轮廓，看不清具体的样子。

"姚凌！姚凌！"吴朝明大叫了两声。

床上的姚凌毫无反应，屋子里只有吴朝明的回声。

"我们快进去看看。"吴朝明把手伸进破洞里，从里面把锁打开。

两人闯了进去。

姚凌一动不动地趴在床上，四肢随意地摆出一个大字，像个被主人抛弃的人偶。这一次吴朝明没有再喊姚凌的名字，而是用颤抖的手把他的脸翻过来。

姚凌双目紧闭，已经没有了鼻息，嘴唇发白，面颊还微热，似乎刚刚死去不久。

意识到自己正在触碰一个已经没有生命的尸体之后，吴朝明深深地吸了一口气。

"又晚了一步……"

"请让开一点，不要给我添乱。"

听到方雨凝的训斥，吴朝明战战兢兢地让到一旁。他知道方雨凝的语气为什么会如此冰冷，方雨凝刚刚在父亲面前夸下海口，保证一定尽快找出凶手，没多久就又发生了新的事件。如此大的挫败一定让自尊心极强的她感到非常屈辱吧。

方雨凝仔细地查看姚凌的尸体。方正树铁青着脸站在一旁紧盯着她的一举一动。吴朝明不知道自己能帮上什么忙，手足无措地站在旁边。

姚凌穿着薄薄的淡蓝色睡衣，衣服整洁，毫不凌乱，洗澡时披的外套随意搭在桌旁的椅背上。他的死状比起其他两人要体面得多，如果不是他后脑有一块突兀的凹陷，看起来就像睡着了。

原本摆放在桌上的守护球被随意丢在地上，吴朝明四下看了看，守护球的底座已经不知去向。

"他是被这个守护球打死的吧。"

吴朝明直接地说出了自己的推断。

"基本上可以确定。但是我刚刚检查过，守护球的表面太过光滑，而且姚凌的伤口处没有出血，所以还没办法证明凶器就是这个球。"

方雨凝的声音无比严肃，然而她说话时手臂在颤抖，看得出她一定是强忍着心里翻涌的情绪。

吴朝明很想安慰她，告诉她你不必这么自责，这不是你的错。但是面对方雨凝认真的表情却说不出口。

"姚凌死亡多久了？"吴朝明此时只能尽力完成自己身为助手的职责，也就是不断给方雨凝的推理提供方向。吴朝明的指尖还残留着触摸姚凌尸体时的感觉，尚存的温度证明姚凌应该死去没多久。

"从尸体状况判断，他死去不超过半小时。我们最后一次见到姚凌是什么时候？"

"他洗完澡回房间时经过我们。"

"是的。姚凌八点四十分走上楼，到我们九点二十分发现他的尸体，他一定是在这四十分钟内被杀。我们五分钟前听到那一声巨响，应该就是守护球掉在地上的声音，所以我觉得凶案很可能发生在那一声巨响的时刻，也就是九点十五分。当然这一点只是我的猜测，不能作为最终结论。"

方雨凝说这些时眼睛盯着墙上的挂钟，接着又转向尸体。

"姚凌死于后脑被重击，但是死前没有挣扎的痕迹，这说明他是在毫无防备的状态下被袭击的。所以凶手肯定是姚凌熟识的人。"

"除我之外的人都有可能……"吴朝阳心里暗想。

"根据现场推断，凶手的行动应该是先进入房间假装和姚凌聊天，寻找机会拿起桌上的守护球砸向姚凌，然后慌乱之中扔下了球，发出巨响。从他慌乱到把凶器随手扔掉来看，多半是没有计划的激情犯罪。"

方雨凝的手在姚凌的裤兜里摸索了一会儿，拿出一把小巧的钥匙，吴朝明看出那把钥匙和他房间的差不多。

"房间钥匙在这里。"

"但是我们刚刚敲门时门是反锁的。凶手打死姚凌以后，如何离开房间然后再将门反锁呢？"

"这一点我还没想清楚。"方雨凝为难地皱眉，"另外从时间上来看，前两个人死于姚凌之前，都不可能是凶手。而巨响发生时我们三人在一起，也都不可能是凶手。所以山庄里根本没人有能力作案。"

"没人可能作案"这句话说完后，吴朝明被深深的无力感包围，方雨凝恰恰相反，似乎心中的某个部分被点燃了。她的表情不再低落，眼神又恢复了最初的神采。

"无论是时间上还是空间上，这都是一起不可能的犯罪。首先这是一个彻头彻尾的密闭空间，也就是推理小说里最传统的密室。仅凭现场的条件，我立刻能想到十种进出这个房间的办法，但是不论哪种都需要复杂的工具和准备时间。而且，如果凶手使用了类似延时作案的手法，那山庄内的所有人都有嫌疑，包括之前两名死者。"

"姚凌被杀的案子比前两起案件扑朔迷离得多。"吴朝明附和道。

方雨凝却依旧很乐观。

"对于侦探来说并不是坏事，这说明肯定有人使用了诡计。也就是说只要揭穿凶手的诡计，所有疑问就可以迎刃而解。"

看着方雨凝认真的样子，吴朝明自己也受到了激励。他知道自己该继续承担起身为助手的责任。

他们回到客厅，开始新一轮的推理。

"那么接下来我们该从哪里开始调查？"吴朝阳问。

"最基本的当然是排除法。接下来我们首先根据记忆还原出每个人在这一小时内的行动，再通过排除法确定凶手。"

"从我开始回忆吧。这一小时内我一直在一楼，对每个人经过一楼时的行动都有印象。"

方雨凝点了点头。"很好。那就先根据你的回忆把这一小时里你看到的事情跟我讲述一遍。"

吴朝明整了整身姿，正襟危坐。

"八点钟你走上楼，我开始和方叔叔下棋。我坐的位置刚好能看到楼梯，也能通过副屋那一侧的窗户看到是否有人在窗外活动。"

吴朝明知道自己是否能看到窗户会对不在场证明有很大影响，因此特意强调了这一点。

"我们坐下之后不久，大约在八点零五分到八点十分之间，姚凌、谢玉安和于林久先后出门去洗澡。

"我们的棋局到八点二十分左右结束，结束后方叔叔就上楼休息了，而我坐在原位发呆，一直到八点三十，开始下雪了。"

"等一下，你确定雪是八点三十开始下的吗？"

"是的，那时我刚好望向窗外，看到了飞舞的雪花。我心想一直期待的雪终于来了，所以看了一眼时钟。"

方雨凝若有所思地点点头，示意吴朝明继续说下去。

"我看到下雪便开始弹琴，到八点四十分，你走下楼开始和我聊天，恰好这时姚凌也从副屋回来了。之后我们两个就一直在一起了。"

"好了。"方雨凝放下了笔。她用娟秀的字体按照吴朝明的证词写了一个时间表。

8:00 方雨凝上楼，方正树和吴朝明开始下棋（位置，能看到楼梯和副屋）。

8:05－8:10 姚凌出门

谢玉安出门

于林久出门

8:20 方正树和吴朝明停止下棋，方正树上楼休息。吴朝明坐在原位发呆（能看到楼梯和副屋）。

8:30 开始下雪，吴朝明开始弹琴。

8:40 方雨凝下楼，和吴朝明聊天（两人能看到楼梯看不到副屋）。姚凌回到主屋上楼。

8:55 方正树走下楼，吴朝明、方正树、方雨凝出门发现谢玉安的尸体。

9:00 发现于林久的尸体

方雨凝看着时间表，眉头紧锁。吴朝明在一旁不小心打了个哈欠。他感到抱歉，但是方雨凝却对他的失态毫不在意。

"对不起。"

"已经十二点半了，是时候休息了，等明天精神好了再继续调查吧。"

方雨凝的声音不大，语气却很有说服力，吴朝明像弹簧一样从椅子上跳起来，乖乖回到了自己的房间。他十分怀疑这个夜晚自己能否安然入睡，睡前读一会儿《假面的自白》吧，他这样想。

第六章

狩猎

Chapter Six

1

吴朝明醒来时才五点钟。他起床后呆愣愣地看着表，过了一会儿才猛然想起自己是在望雪庄里。

已经是来山庄的第三天了啊。吴朝明感叹。

昨晚这里发生的一切像潮水一般涌入吴朝明的脑海，让他有些回不过神来。这些事情就像他的手正在触摸的光滑墙壁一样陌生，以至于他总觉得再睡一会儿，醒来后会发现这些只是一场梦。

他给自己倒了杯热水，坐在桌旁又发了一会儿呆，终于勉强打起精神。现在再想睡也不可能了，索性下楼随意走走吧。

吴朝明轻手轻脚地走到楼下，看到方雨凝正一脸严肃地坐在客厅的沙发上。

方雨凝正仔细地对着时间表查看，手边摆着一杯咖啡和一份简单的三明治。

看到吴朝明走下楼来，方雨凝用不高也不低的音量说道："你来得正好。"

"你起得好早啊。"

"你不也一样？"方雨凝的语气里透着愉悦，这让吴朝明十分不解。难道她一晚上没睡吗？为什么还能保持充沛的精力。

"刚才你说我来得正好，是指什么？"

"我知道真相了，正好你来了，我讲给你听吧。"方雨凝轻描淡写地说道。

吴朝明睡意全无。他仔细地盯着方雨凝用娟秀字体书写的时间表，思考着为什么方雨凝能从中看出端倪而自己不能，仅仅过了一分钟他就放弃了。

看到吴朝明有些沮丧，方雨凝开始说她的答案。

"第一步，我们先用最基本的排除法去掉最不可能的答案。根据三个死者的死亡时间和昨晚每个人的行踪，就可以先做个基本的排除。"方雨凝指着时间表说道，"根据时间表可以缩小前两个人的死亡时间。第一，你在八点四十分之前都没有看到副屋的方向有异常，所以于林久一定死于八点四十之后。第二，谢玉安死于树下，雪地中有足迹，而雪是八点三十之后才开始下的，所以谢玉安一定死于八点三十之后。再补充一句，虽然我们在停电时听到姚凌的房间传来球体坠地的声音，但我们没办法确定姚凌就是那个时刻被杀的，所以姚凌的死亡时间暂不能用排除法。"

"是的。"吴朝明表示赞同，方雨凝继续说了下去。

"我们再看看谁能被证明没有时间行凶，也就是不在场证明。首先你的不在场证明成立，因为你一直在一楼，除中间有一段时间在独自弹钢琴以外，都和其他人在一起。"

看到吴朝明点了点头，方雨凝继续说了下去。

"我的不在场证明也成立，原因有两点：第一，我从未离开过这个房子，一直在一楼的你可以证明。基于这一点，我父亲的不在场证明也成立。第二，于林久死于八点四十之后，而八点四十之后我一直和你在一起。"

"除了经过我们面前的楼梯离开房子，应该还有别的办法吧？我并不是怀疑你或者方叔叔，我只是提出一种可能性。"吴朝明见缝插针地问道。

方雨凝似乎对吴朝明的疑问早有准备。

"为了严谨一些，的确需要考虑是否还有其他办法离开房子而不被你发现，以此来模拟一下凶手是我或者我父亲的情况。"方雨凝的语气非常认真，完全没有敷衍之意。"以我为例，如果我是凶手，我在八点上楼之后，这时要想办法离开房子去副屋行凶。这个房子只有一个楼梯从一楼通往二楼，所以正常情况下我要出去必须先走楼梯到一楼。而你一直在一楼，就坐在可以看到楼梯的位置。为了不被你发现，肯定不能走楼梯。那么有没有什么办法可以不走楼梯就到一楼呢？"

"就只剩下走窗户了吧。"

这其实也是吴朝明刚才一直在思考的问题，他的目击证词对整个案件侦查的走向起着至关重要的作用，因此他反复检查自己所看到的一切到底有没有疏漏。仔细想来，唯一能逃过他眼睛的办法只剩下从窗户出去。

"是的。想逃过一楼的你的眼睛，唯一的办法就是从窗户出去。我的房间虽然只是二楼，但是望雪庄的举架比一般的房子要高，如果跳窗而出就算不会受重伤，也会有小擦伤。但你现在看得到，我身上并没有伤痕。"

方雨凝十分认真地给吴朝明展示自己的双臂，虽然吴朝明从一开始就没怀疑她，但看她认真的样子还是决定认真地配合她。吴朝明的手指滑过方雨凝的皮肤时，触电般的感觉从指尖直通内心。他从未触摸过如此顺滑的东西，就好像在轻抚一件摆放在高高的展台上、被人精心呵护的瓷器。他也从未感受过如此柔软的东西，就像捏住了一块棉花糖。

"摸够了没有！"

方雨凝的嗔怪把吴朝明一下子从幻想拉回现实。看到方雨凝气鼓鼓的表情，他连忙缩回手，脸上瞬间挂上了一抹绯红。方雨凝却仍然沉浸在自己的推理中，毫不在意地继续说下去。

"还有一种方法可以从窗户离开房间，那就是利用梯子偷偷地从二楼爬到一楼。但是，这个梯子已经在杀害于林久时用过并且留在了现场，那么我怎样才能回到二楼呢？我又不可能徒手攀岩通过窗户回来。你一直都在一楼坐着，如果大摇大摆地回来一定会通过一楼的楼梯，就会被你看到了。"

"的确是这样。"吴朝明对自己看到的一切非常自信，他确信自己在一楼期间没有人能躲过他的眼睛走上二楼。

"所以综上所述，我不可能是凶手。根据同样的理由，也可以排除我父亲。那么凶手就一定在剩下的几人之中，而且一定是出入过主屋的人。也就是在谢玉安、于林久和姚凌这三人之中。"方雨凝这样总结道。她停顿了几秒钟，故意给吴朝明思考的时间。

"排除法结束。接下来就要通过现场的线索来确定凶手了。"

"现场有什么指向凶手的线索吗？"吴朝明虽然一直跟在方雨凝后面勘查现场，但是他却说不出自己究竟看到了什么。与其说是没看到重要线索，倒不如说是他看到的东西太多，以至于根本不知道哪些有用。

"刚才我查看于林久死亡的现场时，发现了一个说不通的地方。那就是于林久尸体旁边的梯子。我将梯子重新支起来，看到梯子上留下的被踩过的痕迹，一直到最高阶。"

看吴朝明一脸茫然，方雨凝继续解释道："你应该没怎么用过梯子吧。这种梯子打开后是三角形的，所以越靠近顶端越不容易站稳，踩到边缘才比较稳定。如果踩到最高点，那么几乎就相当于踩在一个尖塔顶端，肯定会感到眩晕，并且觉得脚下不够稳。凶手要做搬尸体这种体力活，怎么可能把梯子踩到最高阶呢？而且我尝试过，以我的身高只要踩第二阶就能够轻松把人吊在房檐上，为什么凶手要多踩一阶呢？"

"凶手比你还矮，所以他才必须踩到最高阶，这是最自然的想法吧。所以……凶手就是唯一比你矮的谢玉安？"

吴朝明有一种豁然开朗的感觉，但是他知道这个答案是被方雨凝一步步引导得出的，所以他并没有太过激动。

方雨凝点点头。

"凶手就是谢玉安。他的作案计划很简单，在副屋的更衣室内用守护球打晕于林久，然后将他吊在屋檐下。但是这时出现了一个小问题，那就是他发现自己太矮了，只有踩到最高一层才能勉强将绳子挂在房檐上。于是他只能战战兢兢地踩着最高层阶梯，勉强维持着平衡，把绳子挂好，再抱着于林久，小心翼翼地把他的头塞进绳套里。"

方雨凝一脸平静地描述着谢玉安杀人的经过，平淡的语气让吴朝明感觉脊背发冷。

"那么谢玉安又是怎么杀姚凌的呢？姚凌走进主屋时还安然无恙，上楼之后才被人杀死，而与此同时谢玉安应该已经死在雪地里了。最重要的一点是，姚凌死在了密室里。"

吴朝明特意强调了密室两个字，他对于刚刚学到的这个名词有一种格外的喜爱。

"密室这个词最故弄玄虚了。既然你这么在意密室，那你来说说，所谓的密室到底是什么？"

"密室的字面意义就是密闭的房间，算是最常见的一种犯罪限制条件吧。"

"那么在你看来，这个密闭房间到底限制了什么因素？"

这是一个很深刻的问题，吴朝明之前没有想过，方雨凝低下头端起咖啡，喝了一口，似乎是让他多思考一会儿再回答。

吴朝明认真地想了一会儿后，谨慎地回答道："密室限制的是时间和空间。我对密室的定义就是一段时间内一个空间的完全封闭。所以，时间和空间就像二维空间里的横坐标和纵坐标，当两个坐标确定了，密室也就固定了。在坐标平面里画一个正方形，就足以困住任何东西。"

吴朝明对自己的回答很满意，方雨凝却一脸的不置可否。

"我猜到你会这么回答。你认为密室是对客观条件的限制，但在我看来，密室限制的不是客观条件，它限制的是人的思维。一旦有一个密室出现，你的思维就被限制在其中了。你把自己困在密室里，不断地搜索着密室内的角角落落，希望能发现蛛丝马迹，希望能找到密室的钥匙。当人的思维被限制时，密室的作用也就达成了。解开密室的唯一办法就是跳出密室，只有这样才能发现打开密室的钥匙。"

吴朝明点点头，又摇摇头。他一时还有些接受不了方雨凝的解释。

看到吴朝明迷茫的表情，方雨凝有些无奈地解释道："看来是我没说清楚。那么就拿你刚才说的横纵坐标举例，我们知道现实世界并非二维平面空间，而是一个三维空间。所以在你的例子里，人被困在二维方块里，但如果加入第三个坐标，里面的人就能轻易逃脱了，不是吗？这就是一种转换思维的方法。"

"那这第三个坐标是什么呢？"

"当然是人了！人是三维的，他怎么可能任由自己被你困在二维的箱子里呢？"

"你是说，凶手用了某种特殊方法进入密室，又自己走了出来？"

"你说的这种情况只是密室解答里的一种，但并不适用于眼前的状况。我们已经检查过姚凌房间的门锁了，并没有被做手脚的痕迹。你的思路是对的，只是还不够开阔，不妨换个角度再想想。"

吴朝明努力地想了一会儿，还是放弃了。

方雨凝摇摇头，一脸无奈。

"你还记得我们看到姚凌从浴室回来时的样子吗？"

吴朝明仔细回忆。

"我想起来了。他当时头上包着浴巾，在擦刚洗过的头发，表情有些木讷，没有跟我们打招呼，直接走上楼去了。"

"你当时没觉得很奇怪吗？明明我们两个都在旁边，他却什么话都没说径自上楼了。"

"我还以为他是不想打扰我们俩，没有多想。现在想来的确有些奇怪，姚凌就算讨厌我，应该也不会不和你打招呼的。"

"姚凌的表现说明当时他已经遇到了不寻常的事情。"

"这样说来，他的确看起来心事重重。"

"不，不是心事那么简单。你仔细想想，从那以后姚凌还和别人接触过吗？"

"没有了。直到被我们发现他的尸体，他都没再下楼。"

吴朝明越来越迷惑，他觉得方雨凝的推理马上就要进入死胡同了。

"没错，所以唯一的解释就是，我们看到的姚凌，已经死了。"

"怎么可能！难道我们看到的是鬼魂吗？"

吴朝明以为方雨凝在开玩笑，然而后者却是一脸冷静，脸上没有丝毫笑意。

"我没说清楚。我的意思是，我们看到姚凌时，他已经被凶手击打了后脑，受了致命伤。"

吴朝明大吃一惊。"他的脑袋被打坏了，还能若无其事地走回房间吗？"

"我来给你科普一下。人脑由大脑、小脑、间脑、脑干组成。这几个部分的作用各不相同。通俗点说就是，大脑控制思想，小脑控制运动，脑干控制生命活动。一个人大脑受损会昏过去，小脑受损会没办法走路，但是如果脑干受损，他就会呼吸暂停、心跳停止，进而死亡，所以脑干受损是最可怕的。但是脑干受损后也并不一定会立刻死亡，国外甚至有整个头部被切断后再瞬间接上，身体还能继续行走一段路的案例报道。"

吴朝明似懂非懂地点了点头。

"那么姚凌如果脑干受损后没有立刻死亡，但是小脑没有严重受损，他就能像正常人一样走路，回到房间后才突然呼吸心跳停止。你是说这样对吧？"

"理解能力不错，原理就是这样。现在你应该明白我说的'人不可能被困在二维的箱子里'的含义了吧。人可以按照自己的意愿随意行动，凶手可以，死者当然也可以。在姚凌被杀的事件中，并不是凶手逃离密室，而是死者自己走进了密室。"

"但是凶手袭击姚凌的后脑他没有立刻死去，为什么凶手不继续击打呢？"

"这个问题我也想过，但是有一个合理的解释：谢玉安在击倒姚凌之后，试探了姚凌的鼻息，发现他已经没有呼吸了，所以才会罢手。"

"可是姚凌还活着啊，怎么可能没有呼吸呢？"

"这种情况虽然概率很小，但是确实可能存在。呼吸暂停并不会导致人立刻死亡，只有当大脑缺氧过度时，人才会真正意义上失去生命。姚凌被击打了后脑，呼吸节律受到严重破坏，当即停止了呼吸。但是呼吸控制机制是人体中极其复杂的一种机制，简单来说，脑干并非唯一的呼吸节律调节器官。过一会儿，他的呼吸被短暂地调节回来，你可以理解为回光返照，因为这种呼吸节律并不会持续太久，此时的姚凌本质上已经与死人无异了。"

吴朝明的疑惑解决了大半，只剩下最后一个问题还没想通。

"如果姚凌被谢玉安袭击晕倒，过一会儿再醒过来，那他回到主屋见到我们之后为什么只字不提，若无其事地回到自己房间呢？"

方雨凝咬了咬嘴唇，似乎对自己接下来要说的话并不自信。

"以下就纯属是我的推测：他的大脑受损后思考能力和语言中枢都受损了，虽然姚凌平日是个比较聪明的人，但是此刻他的头脑变得十分简单，只有一个念头。他当时的念头究竟是什么，我们可以根据他的习惯来推断。你还记得姚凌给我们表现才艺时的样子吧。"

"记得。他表演的是武功。"

"没错，他是一个热爱武术的人，身体素质极佳。而他腰扭伤时，也只是笑笑说回到房间抹一点红花油就好了。可见他平时对跌打损伤都不太在意，他的潜意识里对没有出血的受伤处理，都是想着抹点红花油就好。所以，他当时的念头就是快点回到房间抹点红花油。就是这么简单。"

这次吴朝明没有反驳，而是接着方雨凝的话说了下去。

"但是他没想到脑干受损不是红花油就能治好的，而是直接导致他的呼吸暂停，然后死亡……"

想到姚凌死亡之前的景象，吴朝明感到十分心痛。他原本以为自己只要在肿起来的地方抹上药，头疼就会减轻，自己就会慢慢好起来。却没想到，那就是他人生中的最后几分钟。

"守护球掉在地上就是证据。恐怕就是在他翻找东西时拿起球体，突发呼吸暂停造成的。他在那一瞬间呼吸暂停、肌肉松弛，手一松球就落到了地上。最后他扑倒在床上，就那样死去了。"

"所以谢玉安的死是自杀吧，他发现姚凌的尸体不见了就会想到，可能是自己下手太轻，姚凌苏醒过来了。如果姚凌去主屋把谢玉安袭击他的事情报告给方叔叔，他和他的家族便会身败名裂，于是他不得不选择了自杀。"

"是的。谢玉安并没有想到姚凌居然还能醒过来。他在击倒姚凌后去杀害于林久，当他把于林久吊起来再回到浴室时，才发现姚凌已经不见了。意识到事情可能已经败露，他只能以死谢罪。他走到树下用刀刺入自己的心脏自杀，却不知道姚凌并没有向我们告密，而是独自回到房间，这样就造成了扑朔迷离的三起事件。"

"如果谢玉安是自杀，怎么能对自己的心脏刺两刀呢？"

"两个伤口相距很近，而且第一刀明显更浅一些。我想可能是他第一刀刺入时只伤及皮肉，由于忍受不住疼痛立刻把刀拔出。接下来他想到另一个办法，那就是把刀抵在胸口，然后向树干奔跑，当刀柄撞到树干时刀就可以直刺入心脏了。"

"原来谢玉安没有做任何伪装，都是我们想复杂了。"

"是啊。我们早该想到，谢玉安年龄最小，头脑也最简单。所有的凶器都是就地取材，怎么看都不像是有预谋的犯罪，恐怕就是一时冲动才犯下杀人的罪行。"

方雨凝闭上了双眼，似乎在为谢玉安的冲动感到悲伤。

"以谢玉安的脾气的确做得出这种事，说不定就是在浴室内和姚凌斗嘴，一时气不过才随手抓起守护球把他打倒。他可能也没想到这一击有这么大的威力，看到姚凌倒下他一定吓坏了。"

"没错。所以他一不做二不休，把于林久也打晕，但是不巧的是于林久的呼吸没有暂停，于是被他吊在了屋檐下。"

"虽然是一时冲动，但杀人这种行为果然还是没有办法宽恕啊。"

事件解决了，凶手也已经自杀，接下来就没有必要提心吊胆，只要安心等待救援就行了。吴朝明虽然感觉踏实了许多，但是却觉得心里空落落的。如果谢玉安来找我倾诉时，我能再多了解一点就好了，说不定还有机会阻止他犯下这样的罪行。

方雨凝看起来也不怎么高兴。她皱着眉，依然是一副心事重重的样子，似乎还沉浸在侦探的身份里意犹未尽。

"你在担心什么？"

"我总觉得还有一些疏漏，一种说不上来的感觉。"

方雨凝板着脸小声说道。

"你的推理不仅严谨而且顺畅，可以解释所有的现象，这样还不够吗？"

"还远远不够啊。我们缺少的是最重要的一环——证据。没有实际证据支撑的推理不过是空谈罢了。而且还有两点我说不通的地方。"

在方雨凝讲解推理的过程中，吴朝明也意识到了一点微妙的不协调，只是一直没提出。现在正是提出的好机会。

"你觉得奇怪的地方，是谢玉安的行为前后不一致吧？"

"这是第一个疑点。既然谢玉安击晕了于林久后又将他吊死，那为什么他在击晕了姚凌之后没有做进一步的杀害行为，而是任由他躺在地上不管呢？为了保险也应该用另一种方法，比如类似于林久的勒杀或者用刀刺杀的方法，让姚凌立即死亡。谢玉安对两人做出的行为不一致，这一点我百思不得其解。"

吴朝明试探着说道：

"谢玉安头脑简单，他做出不符合逻辑的事也可以理解，而且说不定他遇到了什么突发的状况。比如他击晕两人后打算分别吊死，却在吊死于林久后发现姚凌不见了。"

"不符合逻辑的行为，我绝不会强行解释使其合理化，否则逻辑还有什么用呢？小概率事件也不是我需要考虑的问题，以意外事件作为不合理处的解答搪塞过去，我自己无法接受。"

方雨凝的话非常严厉，吴朝明立刻意识到自己的失言。在一个侦探面前说出"凶手可能会做出完全不符合逻辑的事",这无异于对侦探的尊严进行践踏,这样的说辞等同于否定所有逻辑推理的根基。

似乎意识到自己的话过于严厉,方雨凝长叹一口气后,语气缓和下来。

"还有一点说不通。我想不到谢玉安切断电源的理由,那么复杂的延时机关并不像出自谢玉安之手。"

"往好处想想,虽然你的推理没办法解释全部疑问,但是至少现在还没有证据证明它是错的。这世上没有任何东西是完美无缺的。"

"不。逻辑可以像数学公式一样完美无缺,这就是逻辑推理的魅力。我的推理必须是完美无瑕的,在我的推理把我自己完全说服之前,我不会停止调查。"

说这些话时,方雨凝的双眼熠熠生辉。说完,她就穿上了外套向屋外走去。

2

方雨凝站在于林久吊死的屋檐下,保持仰头向上望的动作整整十分钟。

"你在看什么?"吴朝明怕她的脖子酸痛,想提醒她活动一下。

方雨凝却没有想给他解释的意思，自顾自地发出命令。

"吴朝明。把梯子拿过来，放在我面前。"

吴朝明像突然被长官叫到的士兵，听到命令的一瞬间身体就顺从地行动起来。

吴朝明在旁边支起梯子，方雨凝拾级而上，踩到第二阶时就停下。过一会儿，她又向上走了一步，踩在了最高阶。

"小心点。"吴朝明在梯子下面十分担心，但是方雨凝却沉浸在自己的世界里，完全没听到他的提醒。

"我明白了！"

方雨凝大喊一声的同时，身体也几乎要跳起来，结果一下子没有把握好平衡，从梯子上摔了下来。

吴朝明一个箭步冲上去，用双手托住方雨凝，然而惯性让两个人双双倒在地上。

"你没事吧？"吴朝明关切地看着怀里的方雨凝。

"我当然没事了，是你这个笨蛋在下面啊。"方雨凝说话时刚好撞上吴朝明的视线，意识到距离过近的两人连忙转移视线，脸上都带了一点红晕。

"你的手怎么了！"

方雨凝低下头时才注意到吴朝明用来撑地的手心擦破了一大片皮，她紧紧抓住吴朝明的右手，看着正在流血的伤口。

"没什么，一点小伤而已。"

"快去处理一下吧，感染了就糟糕了！"

看着紧盯着自己伤口的方雨凝眼中流露出的温柔，吴朝明忽然觉得手掌一点也不痛了。

回到客厅，方雨凝找出纱布和碘伏，先仔仔细细地消毒，然后包扎。

"包好了。"

"谢谢。"吴朝明低头看着手上雪白的纱布，上面还系了一个漂亮的蝴蝶结。方雨凝转身走到留声机旁，放入一片赛璐珞的黑色唱片。

优美的前奏响起，是巴赫的《勃兰登堡协奏曲》第二首的第一乐章，房间内的空气瞬间变得活泼明快起来。

"巴赫倒是最适合逻辑推理的背景音乐。"

"……谢谢你刚才救我。"

一向坦诚的方雨凝露出了羞怯的表情。

"没关系，举手之劳而已。"

"还疼吗？"

"没什么事，血已经止住了，手也不疼了。"吴朝明装作毫不在意的样子挥挥手，其实伤口处还在隐隐作痛。

"你的身体倒是意外地结实。"

吴朝明不知道方雨凝所谓的"结实"是指他的伤口恢复迅速这件事，还是被他抱在怀中时她的感受。为了阻止自己再想这个问题，他连忙转移话题。

"比起这个，你不是说你已经明白了吗？快给我讲讲你发现了什么。"

"刚刚我站在梯子最高一阶时，想象自己化身成了凶手，看到了原本看不到的景象，很多疑问瞬间得到解答。"方雨凝板着脸，眼中闪烁着她推理时独有的光芒。

"你看到了什么呢？"

"先从谢玉安的死开始说起。他的尸体旁有一个木盒子，也就是于林久的木刻盒。这个盒子为什么会在这里，我之前怎么都想不通。"

方雨凝平静的语气证明了她的自信，言外之意是她现在已经想通了。

"我只能想到两种可能，要么是于林久自己不小心掉落在雪地里，要么是凶手故意扔在那里嫁祸给他。"

方雨凝摇摇头。

"这两种解释似乎都说得通，但是又有各自奇怪的地方。如果凶手是于林久，他掉落这么大的一个盒子怎么可能没发现呢？地上的雪很薄，即使有雪地作为缓冲，掉落的声音想必也非常大，他不可能听不到声音。"

"那会不会是他当时走得太急，顾不上这么多。"

"如果是谢玉安出这种失误我倒是可以理解，可是于林久在这三人中最为老成，我不相信他会在慌乱之中犯下这么大的错误。而且雪地里的木刻刀盒子非常显眼，即使从很远的地方也能看清楚。不管于林久用了什么办法离开雪地，他都不可能注意不到自己的盒子掉落在雪地里。"

"那就是说木刻刀盒子是被故意放在雪地里嫁祸于林久的咯？我觉得这样说更容易理解，因为盒子上并没有破碎的地方，如果是从一定高度掉落在地上的，很难没有磕碰的伤痕。"

"你观察得很细致，可惜木刻刀盒子是故意嫁祸这一点似乎也说不通。"

方雨凝的语气里带着遗憾。

"为什么？"

"因为凶手也会想到我们刚刚想到的这一点。如果想把现场伪造成于林久杀人后慌乱中掉落了木刻刀盒子忘记捡起，他就不会把盒子放在离尸体有一定距离的雪地里，而是会放在尸体旁边，甚至放在尸体怀中，这样才比较符合常理吧。"

吴朝明恍然大悟般点点头。

"凶手在嫁祸时连鞋底的木屑都伪造好了，说明他当时应该比较冷静，至少没有到思维混乱的程度，肯定不会把木刻刀盒子放在那么明显的位置，这样一来他伪造的鞋底木屑都变得不可信了。"

"那么我们回到这个疑问的开始，不论凶手是否是于林久，木刻刀盒子摆在那个位置都是说不通的。"

"难道说凶手有必须把木刻刀盒子留在雪地里的理由吗？"

方雨凝摆摆手，一字一顿地说：

"准确地说，他是有必须把木刻刀盒子放在雪地里那个位置的理由。"

"明明是一个意思。"吴朝明小声抱怨。

"完全不一样。凶手把盒子特意放置在这个显眼的位置，一定有特殊的理由。其实他放置物品的理由有很多，你应该也可以想到不少吧。"

方雨凝示意吴朝明举例，后者像上课没听讲却被老师叫到回答问题的学生一样，十分惊慌。

"突然让我说的话……"吴朝明咽了一下口水，"难道是为了举行某种祭祀？那个木刻刀盒子其实是个媒介，凶手害怕谢玉安的亡魂会找他寻仇，认为在那个时刻雪地中的某一点就是谢玉安灵魂飞升之处，于是他把作为媒介的盒子放在那个位置，让谢玉安的灵魂得以安息……"

"好了，够了。"方雨凝不耐烦地打断吴朝明，"你的思路还真是飘逸，但不适合做侦探。侦探最重要的能力就是依据事实进行推理，而不是天马行空的想象。"

"对不起……"吴朝明低下头。

"你总是避开最简单的答案去寻找复杂而有趣的解法，可惜在现实中的案子里，最简单的解答往往最贴近事实。因为凶手在杀过人后极端紧张，做出的事情也大多出于本能。"

方雨凝的话语还在引导吴朝明，她渴望他亲自发现那个真相。

"最简单的想法……"吴朝明喃喃自语，"那就是凶手在掩饰什么。如果我是凶手，在杀人之后做了多余的事，一定是为了掩饰我的罪行。"

"没错，你已经说出真相了。凶手不小心在经过雪地时掉落了某样东西，这样东西捡起后依然会在雪地里留下特殊的形状，他害怕别人通过这个痕迹猜测出这东西是什么。所以他故意放置木刻刀盒子是为了掩饰曾存在于那个位置的痕迹。"

"这个痕迹很可能会直接锁定他，是他独有的东西！"

吴朝明大声叫着，一种豁然开朗的感受将他包围。

"正是如此，那么这个让凶手无比害怕的东西究竟是什么呢？想想看，每个人身上都有形状独一无二的物品。"

吴朝明思索了一会儿，却依然想不到这种特殊的东西是什么。看着他苦恼的表情，方雨凝轻叹了一口气。

"姚凌的近视比我还要严重，但是他出浴室时却没戴眼镜。"

方雨凝轻轻说出这句话，吴朝明愣了一下，然后接着她的话头说了下去。

"我想起来了，当时还觉得他可能是洗澡后忘记戴了，而我们发现他的尸体时，他的眼镜已经在地板上，镜片上有一道裂痕。我当时猜测可能是他摔倒时掉落摔碎，并没有在意。但是现在想想很奇怪，地板是木制的，想要摔碎恐怕没那么容易吧。"

"没错，如果是掉落在水泥地上就截然不同了。虽然地上有薄薄的积雪缓冲，但是一瞬间的冲击力足以让镜片碎裂一个小口。眼镜掉落在地上肯定是以'U'形落地，在雪地上会留下很奇特的形状。"

"但是你也戴眼镜啊，根据这个形状就算猜出是眼镜，也不能确定凶手是他吧。"吴朝明看着方雨凝漂亮的塑胶黑框眼镜，如此说道。

"尺寸完全不一样。他比我高大得多，脸的宽度也比我大至少几厘米。眼镜落在地上留下的痕迹足以确定眼镜的主人。"

说完，方雨凝轻轻闭上眼睛，脸上平静的表情就像表演结束正在聆听观众掌声的魔术师。

吴朝明听了方雨凝的一连串推理后也感到心情舒畅，但是很快他就意识到另一个问题。

"如果凶手是姚凌，他是如何杀害谢玉安之后又不留痕迹地离开雪地呢？雪地上只有谢玉安留下的足迹啊。"

"谁说他没有留下足迹，他离开雪地的足迹不是清清楚楚地留在雪地上吗？

看着吴朝明一脸迷惑，方雨凝只好继续耐心地解释。

"刚才我们看过的鞋码表格中，姚凌的鞋码是多少你还记得吗？"

"记得，是 38 码。"吴朝明不假思索地回答。

"没错，谢玉安和姚凌都是 38 码的鞋，所以雪地上那串脚印可能是两人中的任何一人留下来的。进入和离开雪地必留下足迹，如果按照你的想法，雪地上的脚印应该是什么情况呢？"

"走入雪地的人有两个，走出雪地的人却只有一个。所以雪地里应该有三行脚印才对，其中两行是走入的脚印，一行是走出的脚印。"

"你之所以这么想，是你把自己的思维限制在雪地中了。我问你，这个雪地是永远存在的吗？"

"当然不是，这个雪地是八点三十下阵雪之后才产生的。"吴朝明一脸"你为什么要问我这么简单的问题"的表情，然而下一秒他就大喊了一声。

"啊，我明白了！两人走向大树时，地上还没有雪，所以也就根本不会留下进入雪地的脚印。"

"没错。这样一来就可以解释缺少两行脚印的问题了，所以雪地上只留下一行姚凌离开雪地时留下的足迹。至于脚印的方向，也就很好解释了。"

方雨凝又把话头抛给吴朝明，后者心领神会地说出她暗示的那个答案。

"倒行。"吴朝明小声说道，"那一串脚印不是进入雪地的脚印，而是姚凌倒着走出雪地的脚印啊。我想当然地以为那是进入雪地的脚印，但其实进入和出来的脚印除了方向相反之外并没有什么不同。所以看似是走入雪地的脚印，也完全可以解释成倒行离开时留下的。"

"你说得并不完全准确，正着走和倒着走的脚印有一些细微的不同，因为倒着走时所有的力量都集中在脚跟，留下的足迹会表现出脚跟踩得更深一些。"

"那么你发现脚印有异常了吗？"吴朝明小心翼翼地问。他知道这个证据可能会直接推翻整个推理。

看到方雨凝遗憾地摇摇头，吴朝明松了口气。

"并不是完全没有痕迹，而是我们仅凭肉眼没有办法辨别。我刚刚仔细检查过那一串脚印了，脚印形成后雪有部分已经融化，所以脚印的细节已经看不清了，只能看得清轮廓和大概的花纹。"

　　吴朝明的心情变得十分复杂，脚印没有办法仔细辨认，虽然不会推翻当前的结论，但反过来也没办法给这个结论提供佐证。到头来这一番推理和之前推理出谢玉安是凶手时一样，只是完全没有证据支撑的假说而已。

　　看得出吴朝明有些沮丧，方雨凝补充道：

　　"正因为他倒行时必须时刻回头看后面的路来保持方向，所以才会在转过头时不小心把眼镜掉在地上。当然这也只是对推理的一个侧面印证，正面证据依然没有。"

　　"如果凶手是姚凌，他如何杀害于林久呢？他在八点四十才回到主屋，而于林久直到他回来前都还没被杀，这是我亲眼所见。"吴朝明强调"亲眼所见"这几个字其实是为了掩盖自己的心虚。他有种预感，接下来方雨凝就要把他"亲眼所见"的事实全部推翻。

　　"我当然还记得你的目击证词，毕竟这是昨晚最有价值的一条线索。那我们现在就来模拟一下当时的情况吧。"

　　忽然，方雨凝的手指指向吴朝明的鼻子。

　　"你，就是凶手。"

　　"啊？"面对方雨凝咄咄逼人的指控，吴朝明并没有惊慌失措。他对方雨凝沉浸于推理时做出的孩子气举动已经习以为常了。

　　"就算你找不到凶手，也不能随便拿我当替罪羊吧。"

　　"不，我只是想说，请你自己想象一下，把你自己代入凶手的角色里。"

"哦，那好吧。现在我该怎么做呢？"

"如果你想杀害于林久，首先你要走出大门。"

"没错，于林久人在副屋内。"吴朝明附和道。

"想象一下，在那段时间从主屋出去，你在出门前会看到什么？"

"走出门前……肯定会看到大厅里我和方叔叔两个人在下棋。"

吴朝明虽然对方雨凝的目的感到困惑，却还是配合她说下去。

"正确。那么你现在走到了副屋，用守护球打晕了于林久，这时你要进一步杀害他。副屋的墙角刚好有随意堆放的麻绳，你想到可以用绳子勒死他，再伪装成自杀。那么你会把他吊在哪里呢？"

"肯定是副屋周围的某个房檐，随意选择一个屋檐就可以。"

"真的是随意选择吗？"

"是的。"意识到方雨凝发出这个疑问的原因后，吴朝明连忙补充道，"唯一的问题是，凶手走出大门前看到我坐在大厅里，并且很明显我坐的位置可以看到副屋靠近主屋的墙，也就是西侧墙。所以如果他选择在副屋西侧墙吊死于林久，就必须在我看不到那面墙——也就是八点四十之后——行凶才行。"

"可是你忽略了一个重要的问题啊。"方雨凝露出了恶作剧成功的微笑，"你依然站在你的角度思考，没有站在凶手的立场考虑。虽然你可以知道凶手一定不是在八点四十之后才吊死于林久，但是反过来凶手并不知道你在八点四十之后看不到西侧墙了。"

"啊，我明白了，是我太蠢。我能看到凶手，但是反过来凶手不能看见我！我八点四十之后看不到西侧墙这件事凶手怎么可能知道呢？"

"正是如此。你在八点四十以后看不到那面墙这件事，在外面的凶手不可能知道。当时凶手有四面墙可以选择，如果我是凶手的话就绝不会选择把于林久吊在可能被你看到的西侧墙。"

"所以凶手就是不知道我当时在大厅里的人！"

见吴朝明如此草率地得出结论，方雨凝扑哧一笑。

"你急于得出答案的样子真是可爱。既然你得出了这个结论，我也愿意听你说。按照你这个推理，凶手到底是谁呢？"

虽然知道方雨凝所谓的"可爱"包含着嘲笑意味，吴朝明还是认真地按照自己的思路想了下去。他回忆了案发一小时内他在一楼看到的人：姚凌、于林久和谢玉安先后下楼去浴室时都看到了坐在大厅里的吴朝明；方正树当时正与他下棋，也不必说；方雨凝在上楼前就看到吴朝明在大厅。也就是说，在山庄内的所有人都知道"吴朝明在一楼大厅"这一事实。

"怎么可能……居然没有一个人符合条件。"

吴朝明懊丧地低下头，偷偷瞄向方雨凝，后者一脸早有预料的表情。

"没关系，你的这个推理是通往真相的第一步。正是因为你，我们现在面对的问题变得十分清楚了：为什么凶手知道你坐在能看到那面墙的位置，还要把于林久吊死在那里呢？"

"凶手可能是个头脑简单的人，他杀人时因为太过害怕没有考虑这么多。还有一种可能是他明知道我可能看到还是故意在这里犯案……要说理由的话，可能因为他打算自杀，所以毫无顾忌了吧。"虽然没有指名道姓，吴朝明的脑海里浮现出谢玉安的模样。他了解谢玉安，如果凶手是他的话，完全可能做出这种不考虑后果的冲动犯罪。一想到谢玉安昨天向他求助时的惶恐和无助，吴朝明又感到心里一紧。

方雨凝遗憾地摇摇头。

"别忘了在凶手视角里他完全不知道你在八点四十后不能看到墙，所以换一种表述也可以是：他的行为是明知道你能看到却故意选择在那面墙的屋檐下吊死给你看。"

意识到方雨凝的言外之意，吴朝明震惊得几乎喘不过气来。方雨凝用一种近乎同情的表情看向一言不发的吴朝明，"你知道这意味着什么吧？"

"凶手利用了我。"吴朝明小声说道，表情既气恼又失落，"虽然我还不知道他用了什么办法，但是显然他想利用我的目击证词来洗清他的嫌疑。"

"是的。他想利用客厅有人这一点，严格控制于林久被发现的时间。然后再通过对于林久的尸体动手脚来给自己制造不在场证明。"

方雨凝的话提醒了吴朝明，他立刻想到姚凌正因为他的这番证言而有了确切的不可能犯罪的证据，可如果这是他一早就设计好的结果呢？吴朝明不禁浑身发抖，不敢想象姚凌居然有如此恐怖的算计。

"那么姚凌是如何在回到房间后杀害于林久呢，难道他在我们没看到时又走出去杀人吗？"

方雨凝摇摇头。

"亲自走上梯子之后，我才察觉到他使用的诡计。你还记得我对梯子的疑问吧，凶手明明踩到梯子的第二阶就足够把于林久吊死，为什么要踩到最高阶呢？这个疑问一直困扰着我，我曾经认为凶手是因为身高不够，据此推理出凶手是身材矮小的谢玉安。"

方雨凝稍稍停顿，吴朝明屏住呼吸聆听，等待她说出推翻自己的话语。

"但是站在梯子上以后我才明白我的想法太简单了。我只考虑到了'凶手身高不足以把于林久吊死'这个可能性，却忘记还有一种可能是'凶手想做的事不只是吊死于林久，所以他需要的高度更高'。"

方雨凝的眼神变得闪闪发亮，吴朝明觉得有些跟不上她跳跃的思维，连忙打断她。

"这不是同一个意思吗？我怎么觉得有点像文字游戏。"

"你仔细想想，其实意思完全不同。我根据现场条件进行的一切逻辑推理，得出的初步结果都是对凶手行动的推测，进而推出凶手本身的特征或者习惯，最终确定凶手。这就是透过现象看本质的过程，你明白这个道理吧？"

解释概念的过程中，方雨凝一改说出推理时的激昂情绪，语气低沉而柔和。

"我明白，这种追本溯源的方法我觉得非常酷。"

吴朝明并不是在恭维，在现实案件里看到方雨凝利用逻辑推理来锁定凶手的确和读小说是完全不同的体验。小说里线索往往会布置得很明显，但是现实中遇到案子时线索却铺天盖地，他根本不知道哪一条可以用来推理。所以方雨凝对线索抽丝剥茧，选择有用的部分进行推理的这个过程，在吴朝明看来比读小说要震撼得多。

"这种方法是没错，但是却有局限性。同一个痕迹可能是完全不同的动作留下的，而从现场推理出凶手行为这个过程，说到底还是依靠我们个人的经验。如果凶手完全没有按照我想的那样做，那么一切推论的起点就错了，结论自然就会谬以千里。甚至还有一种更可怕的可能，现场的一些线索可能是凶手故意放置的假线索。"

方雨凝的表情愈发严肃，语气也很沉重，似乎在进行某种反思。

"我明白你的意思了。你是说侦探并非神，所以对于一个线索的解读也可能出现偏差。"

"正是如此。回到这个案子，发现梯子时我们第一反应肯定是凶手用它把于林久吊死，所以根据痕迹自然也就推理出凶手的身高不足以把于林久吊死。这都是最顺畅而且自然的想法，但是如果前提就错了呢？如果凶手使用梯子压根就不是用来吊死于林久呢？"

方雨凝愈来愈激动，表现就是语速越来越快。意识到这点后她停顿了一秒钟，紧接着缓缓说道："凶手并不狡猾，他留下的痕迹已经明明白白地把他使用过的诡计揭示出来了。结果因为我错误推断了凶手的行为，反而错过了发现这个诡计的契机。"

方雨凝紧咬嘴唇，脸上露出了一丝懊悔，显然在为自己的错误进行反省。

"你是说梯子上的痕迹其实是凶手使用诡计的证据？"

方雨凝轻轻点头道："凶手并不是因为想吊死于林久才使用梯子，他使用梯子当然是因为梯子原本的用途，也就是爬上房顶。还记得我们刚才得出的第一个结论吗？凶手明知道你能看到这个墙壁，还要故意在这里吊死于林久。再想想我们发现尸体时你提出的疑问，为什么尸体身上的水会那么多，简直像是把房顶积雪融化的水都洒在于林久身上一样。这三点汇合在一起，结论已经很明显了吧。"

方雨凝停顿了一下，似乎只是因为说话太多而口干舌燥，并没有指望吴朝明能根据她的提示说出结论。

"凶手先把绳套系在于林久的脖子上，然后用梯子登上房顶，把于林久平放在副屋屋顶。屋顶有一定坡度，但由于屋顶积雪与于林久身体之间的摩擦力，他并不会立刻滑落，当副屋内有人打开热水开关，整个房间开始升温，屋顶的雪开始融化，最后当大部分雪化成水时，尸体和房顶之间的摩擦力变小，尸体从房顶滑落，绳套将于林久吊死。这时凶手早已经回到房间了，凶手利用这个延时诡计让我们认为于林久是在他回房间后才被杀的。当然，他做的这一切都是在墙的另一面做的，这样你就完全看不到了。"

方雨凝的讲解非常细致，以至于吴朝明听了她的描述眼前就已经浮现出了凶手的全部行动。

"原来如此，杀害于林久的凶手是姚凌！他用了这个办法让我为他做证，证明他进入主屋的那一刻于林久还未死去。"

方雨凝垂下眼帘，像是自言自语一般说道：

"我想姚凌设计的犯案过程应该是这样的：在去浴室之前他就已经和谢玉安约好在树下碰头。他在浴室击晕了于林久后换上于的外套赶到树下，和谢玉安见面后伺机行凶。但是人算不如天算，在他行凶的过程中突然下起雪，当他想杀完人离开时地面已经有了积雪，他如果大摇大摆走出去一定会留下足迹，这样一来几乎和直接承认自己是凶手没有区别。面对突如其来的意外降雪，他灵机一动想到了倒着走出雪地这个办法。他的鞋码和谢玉安相同，只要在雪地上留下一行谢玉安进入雪地的足迹，看到的人就会以为谢玉安是自己走进雪地里自杀的。他先用谢玉安的鞋在附近的雪地里随意蹭了几下，在鞋底沾满雪，然后他自己再倒着走出雪地。"

方雨凝拿起木刻刀盒，继续说道：

"他想让人认为凶手是于林久，所以事先准备了木屑和木刻刀盒，打算杀人之后放到谢玉安身上。可是又出现了意料之外的状况，那就是他的眼镜不小心掉落在雪地中，为了掩饰这一点，他不得不把盒子放在眼镜留下的那一小片雪地里掩盖眼镜的痕迹。把于林久安置在屋顶之后，他就打开热水，随意弄湿了头发，再抹一些洗发露，冲洗掉。整个过程只需要几分钟的时间。最后，他假装一副刚刚洗完澡的样子，用毛巾擦着头发走回主屋，就这样完成了自己的不在场证明。"

吴朝明恍然大悟地点点头。

"姚凌杀害谢玉安和于林久的方法都已经被破解，那么又是谁杀害了姚凌呢？"

"姚凌是自杀。越是严格的密室，解答往往越简单。姚凌这个完全封闭的房间，留给别人做手脚的余地也很少，所以从一开始我就想到了姚凌也有自杀的可能。"

"自杀？可他是后脑被击打，那个角度可以自己打到吗？"

"普通人可能会因为角度问题而使不出力量，但你别忘了姚凌从小练武术，力量远超常人。他只要低下头然后用守护球击打后脑，就可以轻松自杀。"

"可是他为何要这样做，他费尽千辛万苦把两起谋杀案伪装得天衣无缝，没有必要自杀吧。"

方雨凝板起面孔，认真地回答道："姚凌的计划的确很完美，但是他的运气不好，行凶中连续遇到两个意外，意外的发生让他留下了预想之外的证据。"

"意外……你是说下雪吗？"

"这是第一个意外。紧接着他的眼镜又掉在雪地里摔碎了，这是第二个意外。"

"可是这两个意外他都已成功化解，留下的痕迹也不足以指出他就是凶手吧？"

方雨凝摇摇头。

"从姚凌缜密的设计中你还不了解这个人吗？他是无法接受任何瑕疵的完美主义者。他平日里也比较偏执，严格按照他制定的时间表行事。按照他设定的剧本，于林久杀掉谢玉安然后自杀，而木刻刀盒作为嫁祸的工具应该被放在谢玉安身上，不应该以那种奇怪而显眼的方式放在雪地中。"

"他看起来的确比一般人更加神经质。他是个非常礼貌的人，但是从副屋回来时却没有和我们打招呼。那时他就已经乱了方寸吧。"

方雨凝心有戚戚地点点头。

"木刻刀盒的位置很奇怪，再加上他的眼镜又碎了。如果有人把这两点联系起来，很容易怀疑到他。虽然我们没办法勘查木刻刀盒周围的雪地里是否有眼镜的碎片，但是专业的法医却连肉眼看不到的玻璃碎屑都能收集到，这一点姚凌应该也知道。"

"杀人之后的负罪感也是自杀的一个可能理由……"吴朝明补充道。一旦设身处地想想姚凌杀人后的心情，吴朝明立刻就理解了他自杀的原因。

方雨凝的双眼轻轻闭上，露出激动过后的平静表情。

"总之，姚凌杀害谢玉安和于林久然后自杀这个解释，不仅合情合理，而且没有任何客观证据可以推翻。"

"恭喜你终于推理出了真相。"

吴朝明如释重负，但是方雨凝却依然紧锁眉头，抿着嘴唇，吴朝明知道这是她遇到困难时的表情。果然，她朱唇微启，批评道：

"你高兴得太早了。我的这个姚凌是凶手的推理和谢玉安是凶手的推理并不矛盾。"

"并不矛盾？"

吴朝明露出了费解的表情。

"无论哪个推理都没办法推翻另一个，逻辑推理的弱点也在于此。我根据某个线索进行推理可以得出一个结论，使用另一个线索作为出发点时可能又会得到另一个。想要确定真正的答案，只能找到足够的证据来证明或者证伪。"

方雨凝的话提醒了吴朝明，他忽然意识到方雨凝的推理过程中丝毫没有提及推翻第一个推理，这个突然的发现让他感到震惊。

"太荒唐了。一个问题怎么可能存在两个正确答案呢？"

"两个答案当然不可能都是正确的，甚至可能都是错误的。只能说根据现阶段的线索推理可以得出两个不错误的答案。然而，不错误的答案不一定是正确答案。"

"那我们怎样才能知道哪个是正确的呢？"

"道理很简单，我们无法确证真正的答案，只是因为掌握的证据和线索太少而已。所以只要找出更多证据就行了。"

方雨凝边说边站起身来，吴朝明愣了一下，连忙也跟着站起身。

"我们去哪里寻找证据呢？"

方雨凝的行动力让吴朝明感到惊讶，得出两个可能的推理后她似乎依旧不满足，还是充满斗志。

"证据不可能凭空出现，我们能做的只有像勤恳的警察一样，一点点把没有调查过的地方都调查一遍，这个方法最笨拙却也最有效。"方雨凝顿了顿，"那么首先……就从一楼的房间开始吧。"

3

穿过金碧辉煌的大厅，方雨凝带领吴朝明到达一楼西北侧的房间。这个房间是供电室，停电时吴朝明曾来过这里，但是当时时间紧迫，没来得及仔细查看。进入房间的左手边就是巨大的发电机，离发电机不远处是一个小型保险箱。右手边是个巨大的储物架，从地板一直到屋顶。储物架上摆着数个盒子，盒子表面几乎没有浮灰，看得出有人精心保养。

"这里都是我父亲没有摆出来的收藏品。"似乎看得出吴朝明脸上的疑惑，方雨凝解释道。

"原来如此，这些盒子里的东西都很值钱吧？"

方雨凝笑了笑，吴朝明意识到自己问了个蠢问题，连忙闭嘴，把话题引向与案子相关的问题上。

"你也有供电室的钥匙？"吴朝明看到方雨凝用手里的钥匙串将储物室的房门反锁，忽然意识到这个问题。他原本以为供电室只有方正树能打开。

"供电室的钥匙，我、父亲、管家爷爷都有，但是客房的锁就完全不一样了，客房钥匙只有住在客房里的人有。"

方雨凝把钥匙递给吴朝明，后者接过来后仔细查看起来。

钥匙串上有三个形状各异的钥匙，除了刚才用来打开供电室的一个外，最大的一把钥匙应该是望雪庄正门的钥匙，最小的一把应该是方雨凝房间的钥匙。

方雨凝拿回钥匙后揣进口袋，指着角落里的小保险箱对吴朝明说道：

"刚刚我已经跟你说过。唯一的备用钥匙串就在这个保险箱内，只有管家才有数字密码。这串备用钥匙串里包括每个房间的备用钥匙。"

"这是方叔叔的设计，对吧？我虽然可以理解这样设计的用意，但是又如何真正做到这个密码只有管家爷爷知道而方叔叔不知道呢？"吴朝明并不是怀疑方正树真的在其中做了手脚，只是方雨凝的坚定语气里饱含的并不仅仅是对父亲的信任，更多的似乎是对这个保险箱的赞赏。他很好奇这种自信究竟出自于哪里。

方雨凝走到黑色保险箱前，用手爱抚着保险箱的黑色外壳，一脸迷恋地说道：

"我对这种精巧而冰冷的工业设计简直难以抗拒。"

吴朝明凑近看，保险箱的表面被擦得发亮，闪着寒光，看起来就像骑士的剑一样锋利。保险箱的后面有一根线，线一直延伸到发电机后面，并没有看到插头。"难道里面还有内置日光灯吗？"吴朝明胡乱猜测着。

"你拉一下保险箱试试。"

吴朝明按照方雨凝的指示去做，却发现保险箱的门纹丝不动，甚至没有一丁点松动的迹象，好像他触碰的只是一堵钢铁的墙壁。

"这个保险箱外部是一种极为坚硬的合金，锁的内部是一种磁铁装置，如果不输入密码尝试用锤子或者斧头破坏，根本没办法打开这扇小门。"

吴朝明信服地点点头，刚刚那一下尝试已经证明方雨凝所言不虚。

供电室看完后，一楼的房间就只剩下厨房了，走进厨房让吴朝明有一种"豁然开朗"的感觉。或许是因为整个房间太过宽敞，窗户又多又大，阳光把房间照得非常明亮，让人心情舒畅。

"好大的厨房！"

从之前看到的平面图上来看，这个厨房应该是供电室和储物室加起来那么大。整个厨房属开放式，白色大理石台面干净得如镜子般反射出明亮的光，橱柜都是实木原色，柜门上镀金把手毫无锈迹。锅子、铲子、勺子等厨具都规整地挂在墙上。

不过最吸引吴朝明的还是厨房东南角占据了很大面积的老式灶台和大锅。这个传统的农家灶台和整个房间的西式风格格格不入，除了看起来干净一些，简直和吴朝明家里用的如出一辙。

"居然还能在这儿见到大锅……"

"我父亲很喜欢吃大锅做的菜，你知道，他毕竟在东北长大。"

吴朝明深有体会地点点头。整个望雪庄的设计里充满本土和国外的融合感，虽然在吴朝明看起来并不协调，但是对于方正树来说这两种风格或许恰恰代表了他的"始"和"终"，无论哪个都是不可或缺的吧。

"另外一个实用性的原因就是大锅做菜比较快，而且省电，毕竟是直接用柴火和木炭加热。客人多时望雪庄的供电可能不够支撑太多电器，这时候我就会用大锅烧几道地道的东北菜。"

吴朝明这才注意到旁边的一个大篮子里整整齐齐地摆放着垒成小山头的炭块，显然是为这个灶台准备的。

"看起来排烟系统比乡下好得不是一点半点啊。"吴朝明看着洁白的瓷砖墙壁感叹道。按照他的经验，烧柴火的黑烟只需几天就可以把雪白的墙壁熏黑。想起方雨凝曾说起望雪庄的排烟系统曾经过著名建筑师设计改良，看来并不是虚张声势。

"那当然，这个灶台和我父亲房间里的壁炉一样，直接连通烟囱，做饭剩余的热量还会进入二楼为房间供暖。"像是忽然想到什么似的，方雨凝有些落寞地补充道，"其实平时也很少会用大锅做菜的啦，只有父亲特意要求或者人多时才会用。像今晚就不需要了……"

方雨凝轻轻低下头。吴朝明想，她一定是想到来自己家做客的四个客人有三个已经死亡，所以有些伤感吧。为了转移话题，吴朝明连忙指向墙上一个自己从未见过的铁锅问道："这是什么锅子，我从未见过。"

"这是专门做油煎食物的平底锅，德国进口，不锈钢锅底，我使用了这么久从未糊锅。"

谈及做菜，方雨凝双眼放光，就像见到谜题时一样。

"你对这些东西好熟悉啊，我听管家爷爷说你经常到了晚上还一个人练习厨艺呢。"

听了吴朝明的话，方雨凝的表情似乎并不开心，或许是对管家随意透露自己的隐私感到不满吧。

"我个人对美食有一点点研究，虽然还不深。"方雨凝谦虚地说，右手轻轻扶了一下眼镜。吴朝明忽然想起昨晚方雨凝做的菜肴，虽然是用人事先准备的半成品，但是菜品的火候和调料的搭配都没办法事先准备好，这两点恰恰是做菜中最难掌握的部分。方雨凝对火候的拿捏完全不像是这个年纪的人应该有的水平，看得出在刻苦练习之外还有一些天赋的因素。

"可我觉得你已经很厉害了，水平真的很高，我很喜欢。"

"谢谢，很高兴你能喜欢。"方雨凝微微欠身。

听到方雨凝谦卑的回答，吴朝明很后悔自己以专家的口吻说出那句话。

"啊，对不起。其实我也不是很懂做菜，就是觉得刚好很喜欢你做的菜的味道。"

"不必那么客气，你喜欢我做的菜让我发自内心地感到高兴。"

还没等吴朝明接话，方雨凝转身走出了厨房。

在她走出房间的前一秒，吴朝明似乎看到她脸上爬上了一抹红晕。

4

或许是二楼走廊和一楼比起来太过狭窄的缘故，刚上到二楼吴朝明就感到一阵压抑。一连串紧锁的房门背后，没有一个有活人的气息。想到这儿，吴朝明更加压抑了。

于林久的房间里有一股浓重的木头气味。从他死后这个房间就没人进来过，吴朝明看着角落里堆放的几块木料，从空气中的味道判断它们恐怕已经发霉了。

方雨凝正盯着一个木刻工具箱子看得入神，吴朝明走近，看到里面有很多木屑。

"为什么会有这么多木屑？"

听到方雨凝的自言自语，吴朝明在一边提醒她："你忘了吗？于林久给我们展示的才艺就是木雕，所以有木屑当然很正常。"

方雨凝没有理会吴朝明，继续查看房间里的其他东西。

于林久的木刻工具和原料十分齐全，不仅有木刻刀，还有木方、工具箱、参考书等等。

吴朝明在一旁看不出有什么新的线索，时间不知不觉就到了黄昏，一天的调查就要结束了。

正当吴朝明走神时，忽然听到了"吱呀吱呀"锯木头的声音，回头看方雨凝，只见她小巧的手中正拿着一个袖珍钢锯，认真地切割着手中崭新的木方。

"你在干什么？"

"做手工。"方雨凝头也不抬。

"有什么新的发现吗？"

方雨凝点点头，又摇摇头。

"等一下再跟你说。"

她似乎兴致盎然，完全沉浸在自己的想法里，说完这句话转身快步走了出去。过了一会儿，她又快步走进房间，从她额头上的一点汗珠可以看出她一定是跑着去拿东西了。

方雨凝手上拿的东西是一个天平。她先是把天平平放在旁边的桌上，然后小心翼翼地把工具箱底部残余的木屑倒了出来，称量了半天。接着，她又将刚刚切好的木方拿来称量。最后，她从口袋里拿出一个小东西放在天平上。吴朝明的视线好奇地投向天平，发现那东西竟然是一枚象棋棋子。

"你什么时候拿来的象棋棋子？"

方雨凝没有回答吴朝明，而是轻轻地说道："我知道真相了。"

"你又有新发现了吗？快告诉我凶手是谁。"

"等我们回到客厅再说吧。"

走向客厅的路上吴朝明心里回忆着刚刚方雨凝怪异的举动，那些行动到底有什么含义呢？

方雨凝把黑胶唱片换成肖邦的 B 大调夜曲，悠扬的旋律在房间中响起。

"先开门见山地说吧，凶手是于林久。"

方雨凝的结论并没有让吴朝明太过意外，毕竟在可能的三位嫌疑人中唯一没有被怀疑过的就是于林久了。

"可他如何杀害谢玉安呢？"吴朝明问道，刚刚调查时他一直认为于林久的犯案可能性最低。

"于林久杀害谢玉安的方法和姚凌可能用的方法一样。他和谢玉安两人在树下见面，他杀害了谢玉安后突然开始下雪，然后他倒着走出了雪地……"

吴朝明急切地打断了方雨凝。

"等等，但这不可能啊。于林久的鞋码是 37 码，而雪地上的脚印是 38 码。"

对于吴朝明的插话，方雨凝并没有表现出愠色，看得出她早已料到吴朝明会有此疑问。

"别忘了于林久的特长，再加上我们在他房间里发现的线索，他使用的手法已经很明显了。"

方雨凝推了一下眼镜，一副胸有成竹的样子。吴朝明仔细回忆着他在于林久的房间里见到的各种事物。

"我只知道他擅长木刻，但是他能用这个特长杀人吗？"

方雨凝抿了一口热茶，似乎在斟酌如何解释，接着她缓缓说道："还记得杀人现场与木刻有关的物品吗？谢玉安尸体旁的雪地上有于林久的木刻刀盒子，雪地的脚印里有木屑。我们已经论证过，如果凶手是于林久，他肯定会试图消除这些痕迹。"

吴朝明狐疑地看向方雨凝，她提出的这个证据恰恰是在反驳自己的观点。

"但是这些痕迹在现场完整地保存了下来，我们正是因为这个原因才没有怀疑他。现在你说凶手是于林久，那么你要怎么解释他没有消除现场证据这件事呢？"

"这些明显的线索不可能是于林久自己留下来的，肯定是真正的凶手想嫁祸于他。"

方雨凝的表情依然平静如常，这让吴朝明愈发不解。

"没错！所以他更不可能是凶手了啊。"

吴朝明很意外方雨凝居然还在顺着他的话说，她没有意识到这样会让她的结论出现矛盾吗？偷眼看去，方雨凝平静的表情表明了她很有自信，难道她是想故意顺着我的话，诱导我说出错误的结论，然后再进行反驳吗？吴朝明刚想到这里，方雨凝用与刚才截然不同的轻松语气说道：

"这恰恰是于林久想让你产生的想法。"

方雨凝的脸上露出了恶作剧成功的微笑，吴朝明意识到自己被戏弄了。

"你是说，于林久想让别人认为是凶手嫁祸于他，所以才在尸体旁留下自己的木刻刀盒吗？"

"正是如此。"方雨凝干脆地说。

"我并不认为他会故意这么做。这种做法太冒险了，如果警察并没有想这么多而是直接凭借证据抓人，那他岂不就完全掉进自己挖的陷阱里了？"

"这的确是一个非常冒险的行为。故意布置出假线索，并且还要被人发现这是假线索，这其中的分寸非常难把握。如果为自己洗脱罪名的手段分为上策、中策和下策，那么这种故布疑阵的手段绝对是下策。"

"那么于林久为什么还是选择这个下策了呢？"

"因为这个下策其实是上策的一环而已。他非常有自信，通过这个上策他就可以完全排除自己的嫌疑，所以即使过程有些曲折，也无所谓。"

"那么这个上策是什么呢？"

"当然是绝对会排除他嫌疑的证据，在本案中自然就是鞋码。穿 37 码鞋的他不可能留下 38 码的脚印，只要让别人相信了这一点他就成功了。"

"可我还是不懂他用了什么手法。"吴朝明一脸茫然。

"现场发现的凶手用来嫁祸于林久的证据有两点：木刻刀盒和脚印里的少量木屑。在你看来这两个证据都是凶手用来嫁祸于林久的方法，也就是说他们两个是并列的，而这正是于林久想要达到的目的。"

"我好像懂你的意思了。凶手想混淆证据的可靠性，所以才会故意放了自己的木刻刀盒！"吴朝明的音量越来越大，与此同时方雨凝的脸上终于露出了赞许的表情。

"一针见血。他在不经意间留下了木屑证据，发现之后已经来不及消除了，为了掩饰脚印里的木屑，他只能用另一件物品干扰发现者的判断。"

"可是于林久是个性格比较严谨的人，他行凶之前居然会忘记自己鞋底沾有木屑，这一点很奇怪。"虽然已经接近真相，吴朝明并没有就此止步。

面对吴朝明的疑问，方雨凝不慌不忙地顺势说道：

"你说中了问题的关键。鞋上沾木屑是很容易被发现的，于林久不可能不想办法擦拭或者从一开始避免沾上木屑。所以他留下木屑的原因只有一种可能，那就是这些木屑他不得不沾上。"

"不得不沾上？"吴朝明自言自语道，"我有些想象不出……就算他无法避免在鞋底沾上木屑，应该也会在沾上之后立刻擦干净吧。"

看到吴朝明紧皱眉头思考的表情，方雨凝继续提示道：

"你也看过他的木刻作品，他的技艺十分精湛，连一个细节都不出错，简直不像是一个十几岁的人能达到的水平。这过人的技艺究竟有没有办法运用到杀人中呢？想想看，这样一个木刻高手如果想要刻出某样小物品，肯定是易如反掌，那么有没有什么小物件可以完全扭转整个事件的核心……"

方雨凝话音渐落，视线落到她手中认真把玩的木方上。那是从于林久房间拿来的木料，是他用来制作木雕的原材料。不仅是木方，刚刚从于林久的房间出来时，连比较大的废料箱都被方雨凝要求带到了大厅里，此刻被放在椅子旁的地板上。

"他能用木头制造的关键物品是什么呢？"

"他想要达到的目标是什么，想想这一点。"

　　方雨凝说完之后便闭上眼睛，一脸"你自己去想我不说话"的表情，似乎不再打算给吴朝明提示了。吴朝明仔细回想着谢玉安被杀的现场，木刻刀盒、脚印、木屑……

　　"啊，脚印！他刻出的是一对木刻的38码鞋底！只要能伪造出假的脚印，让大家从一开始就排除他的嫌疑，他就是绝对安全的了。正因为他的鞋底是木刻的，所以才会不得不在足迹里留下木屑，为了掩饰这一点他就把自己的木刻刀盒也丢在雪地中，这样一来别人就会认为凶手留下木屑和木刻刀盒都是为了嫁祸给他。"

　　吴朝明顺畅地说完这段话，方雨凝露出了赞许的表情。

　　"能做出这么完整的推理，看来你已经青出于蓝了。"

　　吴朝明完全不敢骄傲，他知道自己只是按照方雨凝的提示才找出真相而已。

　　"于林久制造假鞋底让自己被排除在嫌疑人之外，这个想法的确厉害，可是他又是如何确定他杀害谢玉安的那个时间段会下雪呢？"

　　"这一点可以说有一半的巧合因素。他事先看了天气预报，知道今晚会下阵雪。虽然天气预报并不完全准确，但如果只是十几分钟的误差，完全可以通过等待来度过。他约了谢玉安在树下闲聊，如果聊天快结束时依旧没有下雪，那么就等下一次下雪的时间再行凶也没关系。不知道该说他运气好还是坏，没过多久天空中果然开始飘雪了，这时他就用刀杀死谢玉安，然后套上假鞋底一步一步倒着走出雪地。"

"谢玉安直到下雪时还没意识到，这场雪的开始意味着他生命的结束。"吴朝明想到谢玉安的脸，又陷入自责当中。

"另外，"方雨凝忽然想起什么似的补充道，"于林久料定自己的脚印形成后还会因为雪的融化而变得不那么完整，所以纹路有细微的不一样也不会被发觉。"

"真是绝妙的诡计啊。"吴朝明不由自主地小声感叹，"不过你居然只看了他的木刻刀盒一眼就看出了他使用的诡计，这洞察力未免太厉害了。"

方雨凝脸上露出了骄傲的表情，开始讲解她推理的过程。

"我刚刚看到这废料箱时就觉得奇怪，木屑的量实在是太大了。"

"是吗？"

刚才在于林久房间调查时方雨凝就对木屑非常感兴趣，吴朝明当时还在好奇她为什么这么执着。

"他雕刻的《神奈川冲浪里》是木浮雕，与你常见的那种木雕制作工艺不同。浮雕是先切好木头模型，再在表面进行雕琢，因此按道理说并不需要过多的木料。那件浮雕厚度大约是 4 厘米，所以只需要最多 5 厘米厚的木料就足够了。"

方雨凝小心翼翼地从丝绒制的函套里拿出《神奈川冲浪里》，递给吴朝明。

吴朝明轻抚着木刻作品的表面，感觉自己触摸的不是艺术品，而是一个少年柔软的心。一想到这是于林久短暂的生命里最后的作品，他就感到无比惋惜。

"我懂了。就像剪纸作品一样，浮雕是有厚度的剪纸。"

"这个比喻有些无聊，不过你的确理解了这层意思。"

方雨凝从废料箱中拿出一块明显比其他木方扁的木方，从形状和有些粗糙的边缘可以看出这块木方显然被使用过。

"所有木方都是一样的 15 厘米 ×15 厘米 ×30 厘米规格，只有这一块比其他的小。但是我粗略测量了一下，这块木方的厚度只剩下 6 厘米，也就是说他用掉了 9 厘米厚的木方。这引起了我的疑问，就像我刚才解释的那样，他雕刻浮雕只需要 5 厘米厚就够了，可他却足足用了 9 厘米厚的木方。"

"会不会这块木方原本就比其他木方薄？"

方雨凝摇摇头。

"浮雕的背面一定要非常平整才行，所以他绝不会用已经被切割过的木方做底。如果一定要选，这里还有其他完全没有使用过的木方可以用。"

吴朝明信服地点头。这个作品需要交给方雨凝和方正树看，对于林久来说意义重大，明明还有这么多没有用过的木料，他绝不会用之前曾被切割过的一块。"会不会是他先做了一个浮雕之后不满意，重新制作了一次，少了的部分木料是他在这个作品之前失败的作品。"

方雨凝不置可否，没有回答吴朝明，而是自顾自地继续说着："为了知道少了的木方去了哪里，我特意拿来天平称量剩下的废木料渣。称量出的结果让我非常惊奇：废木料渣的重量加上浮雕的重量，刚好是 9 厘米厚的木方的重量。"

“这不是说明缺少的部分已经变成废木屑了，说不定是他把自己不满意的作品销毁了吧。”

“如果只是不满意的作品，只要扔在一旁不管就好，为何要费力磨成木屑放入废料里呢？”

吴朝明无力反驳，只能承认于林久的这种做法的确不合常理。

“他这样做只有一种可能，那就是于林久已经料到有一天会有人来查看自己的木刻工具箱。他想让人以为这些废木料全部是制作木浮雕时产生的。他料定普通人并不知道制作木浮雕的方法，所以也对废木料应该有多少没有概念。”

“没错，像我就没意识到这些废木料是过量的。”吴朝明钦佩地点点头。

“利用这种方法，他就可以巧妙地隐藏自己使用多余的 4 厘米木方做别的东西的事实。为了防止被人看出自己曾使用过更多的木料，所以他必须让同等量的木料变成废渣。”

“可是他从哪里弄多余的木屑呢？”

方雨凝神秘一笑，接着从口袋里拿出一枚小物件。吴朝明仔细看去，原来是象棋棋子。

“我记得你和我说过，下象棋时有一颗不见了，后来你们用小木茶杯来替代那颗棋子。”

“没错，方叔叔说那粒棋子上次下棋时还在，昨天打开盒子就发现它不翼而飞了。”

“我刚刚想到了这一点，于是得到一个猜想，为了证明这个想法，我立刻拿来天平称量。"

方雨凝从废料盒中小心翼翼地拿出一个灰色塑胶盒，打开后里面是刚刚她用过的天平。吴朝明没想到她居然连天平都带来了，在他诧异的目光中方雨凝把天平在桌上摆稳，调整好零刻度，天平的两端摇晃了几下很快就稳定下来。做完准备工作后，她转向吴朝明，一脸兴奋地说道："接下来就是变魔术的时间了，请千万睁大眼睛。"

吴朝明屏住呼吸，看方雨凝将一块完整的未使用过的木方放在天平左侧。接着她又把那块使用过的木方放在右侧，天平自然地向左侧倾斜。

接着，方雨凝把于林久的作品《神奈川冲浪里》从函套中取出，拿起旁边一块她刚切割好的木块，展示给吴朝明。

"这是我按照于林久作品的厚度，从一块木方上切割下来的原始木料，他雕琢这个作品大概就需要这么大一块木料，测量一下大约是 4.5 厘米厚。"

吴朝明看向两块木板的并列处，从侧面看厚度几乎相同。大概是经常做菜的缘故，方雨凝很擅长用刀，木料边缘非常平整。

方雨凝把这块平整的木板又放在使用过的木方一端，天平依然向未使用过的木方倾斜。

"请看好哦，千万别眨眼。"方雨凝模仿着魔术师表演时故弄玄虚的语气。

被方雨凝的情绪带动着，吴朝明屏住呼吸，认真看着她纤纤玉手向桌上的象棋子伸去。

象棋子轻放在天平较高的一端时，天平摇晃了一下，接着摇晃的幅度渐渐变小，最后竟然惊人地保持了平衡。

"怎么可能！"虽然早有心理准备，吴朝明还是不由自主地惊叫出声。

"你不敢相信自己的眼睛吧？天平的左边是一块全新而完整的木方，右边则是制造木雕的原料、剩余的木方和一枚棋子，天平刚好得以平衡，这说明什么呢？"

"一枚棋子的重量与缺失的木方重量几乎相同。也就是说，于林久之前看到棋子后就想到了利用棋子掩盖缺失的木料这个诡计。他事先根据木方的密度计算好一枚棋子相当于木方的厚度，就用这个厚度的木方给自己制造了一双鞋底。最后，他把那枚丢失的棋子磨成木屑放入废料箱，以此来掩盖缺失的木料。使用过后的鞋底，恐怕已经被他扔进副屋烧热水的炉子里，烧成焦炭了。"

方雨凝的热情渐渐消退，语气也变得平静下来。

"我发现了于林久想要隐藏的秘密，所以他使用的手法也就水落石出了。"

"他的想法实在是太周全了，简直是恶魔般的智慧。"

"从犯罪学的角度看的确是很严谨而且巧妙的设计，可以称得上是天才的犯罪。可是这个天才却在设计杀害姚凌时出现了巨大的失误。"

"失误？"

"他错估了自己和姚凌之间力量的差距。他原本打算袭击姚凌，可是在他用守护球击打姚凌的后脑后，他却没有立刻倒地，而是回过身来抢夺作为凶器的守护球，反而将于林久击倒。"

"可是姚凌受的伤很严重，甚至是致命的！"

"人脑是个无比复杂的机器，致命伤也未必会致人昏迷，这一点我已经跟你解释过了。"

吴朝明努力回忆方雨凝提起的人脑复杂的构造，似懂非懂地点点头。

"也就是说，姚凌打晕于林久后勒死了他？"

"不，你误解了我的意思。姚凌虽然有反击的能力，但是这时他的大脑已经停止思考了，也就是说他是完全靠本能在做事情。我之前分析过，出于本能，姚凌的脑中只剩下'回房间涂抹红花油'这个想法。"

"所以于林久是死于……上吊自杀！"怪不得会出现先打晕再吊死这种诡异的杀人方式。吴朝明感到一些混乱的地方终于得到了修正。

"没错。他醒过来后姚凌已经不见了，在他看来，姚凌在打晕他之后肯定把他的罪行告诉了方正树，这也就意味着他不仅谋杀失败，而且已经身败名裂，所以只能以死谢罪。"

"这也可以解释为什么于林久身上有大量的水，他是在浴室内袭击姚凌，被姚凌夺过凶器打晕以后他就躺在浴室中，所以才会全身湿透。"

"明明计划得那么完美，运气却这么差，没一击打死姚凌……"

"尘埃落定了。我们现在已经找出了真相。"方雨凝闭上双眼，虽然是一副"解开了谜题"的语气，脸上却依旧没有欣喜的表情。有了前一次的教训，吴朝明立刻意识到方雨凝一脸严肃的原因。

"的确是很严密的推理，但我们好像依旧没办法否定前两个答案。"吴朝明紧皱眉头。

"我并没有说我否定了前两种推理。确切地说，我们现在掌握的证据不足以否定任何一个答案。"

"所以，现在我们有三个正确的答案？"

吴朝明不知道自己该欣喜还是沮丧，他第一次发现原来真相竟如此难以靠近。

"我刚才已经和你解释过，并不是正确答案，而是不错误的答案。说到底，我们所谓的逻辑推理并不是逻辑学里的演绎推理，而是将各种可能性枚举出来，再利用排除法排除不可能，最后再根据可能性的大小得出近似结论而已。严格说来现在不仅仅有三个答案，我们考虑的都是单人犯案然后自杀的可能性，根本没有想过于林久杀害谢玉安，而谢玉安杀害姚凌这种情况。"

"啊！"吴朝明惊叫出声。

"类似的情况还有很多。全部枚举出来的话，每个人的死亡都有三种可能，也就是自杀和被另外两人中的某人杀死。根据简单的数学计算就可以知道，三个人的死亡就有二十七种可能性。我们现在不仅无法排除其中一种，而且还给出了每种情况下凶手可能使用的杀人手法。所以说，我们现在有二十七个可能正确的答案。"

"为什么会这样?"吴朝明感到自己的脑袋快转不过来了。

"根本原因就是我们的侦查手段不足,所以得到的线索是片面的,得出的结论自然也不精确。这就像数学里的不定方程,二元方程组内如果只有一个方程,我们就没办法给出两个未知数的确定解。同样,在调查中我们只有肉眼观察和思考这一种手段,我们的伙伴只有逻辑推理,除此之外什么都没有,所以我们无法得出准确结论也就是理所应当了。总结来说,侦探的工作只能到此为止,接下来就是警察的工作了。"

方雨凝的话令吴朝明很沮丧,她自己却完全没有受到打击,表情依旧平静。

"那我们忙了这么久,岂不是白干了,什么进展都没有?"

"当然不是。作为侦探,我已经解决了这个案子。从结果来看,我们用逻辑排除了多种可能,并且将最终的可能性限制在二十七种结果内,凶手也限制在了三个人之中。无论真相是哪一种,凶手都已经死亡,这意味着这个案子其实已经没有追究下去的必要了。我们解决了这个事件,并没有失去侦探的尊严。"

方雨凝顿了顿,语气温和下来。

"而且哦,这两天的侦探游戏让我们都忘记了'自己被困在雪山里,朋友们被杀害'这个恐怖的事实。而我们战胜这种恐惧的力量,不正是来自我们的好朋友——逻辑吗?"

吴朝明轻轻点头,心头却止不住涌出一股曲终人散的寂寥心情。这两天虽然一直在面对尸体,但是与方雨凝相处的确让他忘记了恐惧。可是现在，他却不得不结束"助手"这个身份，就像独自一人走进已经毕业的校园里，所有的回忆历历在目，但是那些时光却再也回不去了。

　　窗外的夕阳已经开始在地平线上溶解，霞光将远处的天空染成深红，宛如鲜血。当这道光影完全消失，夜晚就要来临。吴朝明真希望时间能停在此时，世界定格在他和方雨凝坐在一起，静静欣赏着晚霞这个镜头。可是他知道时间是最无情的，这种小孩子般任性的愿望终究只是不切实际的幻想。

　　"今晚过后，明天该怎么办呢？"

　　吴朝明不知道自己是在问方雨凝，还是在自言自语。方雨凝却自然而然地回答：

　　"不要太紧张。很快我们的管家和仆人就会过来，他们的假期应该到今天为止。到时就让他们报警，等警察来之后利用现代化的刑侦技术调查，真相很快就会水落石出。"

　　方雨凝的话让吴朝明真切地意识到，侦探游戏也好，与方雨凝的二人世界也好，一切都结束了。吴朝明忽然感觉心里空落落的，像少了什么重要的东西。

　　吴朝明知道这种空虚感的来源——当方雨凝说出"这个案子已经被解决"时，她身为侦探的使命就宣告结束了。那么同样地，身为助手的吴朝明也就没有了待在方雨凝身旁的理由。

　　"真没想到，我们再次相遇，居然发生了这么多悲伤的事。"方雨凝的感慨让吴朝明的心猛地痛了一下。

　　方雨凝说得对，小孩子的游戏是该结束了。

想到这里，吴朝明释然一笑。

"真对不起，我就是这样一种悲剧体质，从小到大就没有幸运过。明天我就回到我的镇子去，我想以后我们应该也没有机会再见面了吧？"

这两天吴朝明思考了许多关于未来的计划，此时突然将内心的想法脱口而出，一下子轻松了许多。他意识到自己与方雨凝地位的悬殊，也发觉了自己性格中注定导致悲剧的特质。为了不再给方雨凝带来不幸，最好的选择就是离开她然后忘掉她。所以，刚刚燃起的爱恋之火，只能迅速熄灭。他打算回到家里后就与父母辞行，四处云游。

似乎听出了吴朝明语气中的坚定，方雨凝什么都没有说，转身离开了。

第七章 黄昏

Chapter Seven

1

吴朝明被一阵奇怪的噪音惊醒。

仔细听，楼下的厨房传来油入锅的声音，是方雨凝在准备晚饭吧，即使偌大的望雪庄到现在只剩三人，方雨凝还在坚持做自己最后的工作。

原本只是打算小憩一会儿，补充一下昨夜缺少的睡眠，没想到他却睡着了。

吴朝明看向床头自己的手表，刚睡了不到一小时的时间。既然如此，那就索性再躺一会儿吧。

吴朝明再度闭上眼睛，这几天的事情一一从他眼前闪过。眼前人物的形象渐渐都变得模糊，于林久、谢玉安和姚凌的脸已经看不清楚。他眼前三个人的形象逐渐重叠在一起，最后变化成一个女人，一个看不清楚脸、披头散发的女人。她穿着雪白色的衣服，静静地看着吴朝明，什么话都没有说。

啊，那个传说！吴朝明突然想起自己在方雨凝面前说出的推理。那个解答，有一个他之前并未意识到的漏洞，它只可以用来解释方雨凝小说里的谜，却没办法解释现实中的传说。现实中

"雪地之女"事件绝对发生在现代，而非方雨凝小说设置的战争年代。

他立刻产生了一个有些恶意的猜测：方雨凝是不是故意用她设计的谜题把问题的核心从女人死亡之谜变成了一个文字游戏呢？如果方雨凝是想用这样的谜题给出一个游戏式的答案，让吴朝明放弃对那个女人的死继续追查……

吴朝明连忙制止自己的这个想法。与其费尽心思猜测方雨凝的想法，不如先把案子里的疑点解决掉。

凶手为什么要断电？吴朝明的脑中突然闪过这个问题。凶手使用蜡烛制造诡计切断电源绝对是有意而为之，但无论哪种解答，都无法解释凶手这样做的目的。

还有一个巨大的疑问让吴朝明无法回避，就是那个噩梦。这三个人的惨死究竟与那个女人的死有没有关系？

一下子敞开心扉，原本深藏于心底的疑惑瞬间占据了处于混沌状态的头脑。

像个侦探一样思考。吴朝明在心中默念这句话，这是方雨凝教给他的，也是他现在的目标。

"理由。"这个词忽然从吴朝明脑海中闪过。

他一直都没有深入思考为什么这三个人会被杀或者自杀，到底有什么深刻的理由。根据方雨凝的解释，方家的财产足以让人用生命的代价去换取。诚然从他自己内心深处也觉得自己会为了成为方雨凝的丈夫而愿意付出生命的代价。

假如这些人是为了成为方雨凝的丈夫而伤害其他人，那又有什么理由自杀呢？如果他们杀害其他人之时已经决定自杀，那么这些对谋杀的伪装又有什么意义呢？他们之间的杀戮，其实只是一种绝望的搏斗吗？他们并非为了获得什么而去伤害别人，只是为了不让别人得到才这样做的吗？

或许凶手从一开始就都觉得自己并不是真正的人选，他发现方正树心中已有偏袒的人了，所以为了杀掉那个即将获得幸福的人，不惜让自己也成为牺牲品。他并不是为了自己得到什么，而是阻止别人获得自己想要却得不到的东西，这种生死一搏的勇气，吴朝明竟然有些羡慕。

方正树看中的人究竟是谁呢？

吴朝明曾一度以为，其他三人都有超过自己的得天独厚的条件，无论是家境还是能力，都高过自己一等。方正树应该对这几个人都很满意，所以对选择哪个人很纠结。但是从这两天与方正树和方雨凝的接触中，吴朝明发现了另一个问题，方正树似乎一开始就没打算把方雨凝嫁给这三个人，甚至包括自己在内的任何人，所以方正树说出"想给女儿找个归宿"这种话是否出于真心，十分值得怀疑。

吴朝明的脑海中浮现出一个越来越清晰的想法。他想努力挥去这个让他不适的猜想，然而愈是努力回避，这个猜疑就愈加具体。

方正树是方雨凝的父亲，他怎么可能有这样自私的算计呢？吴朝明虽然在努力否定自己，却没有办法忽视方正树看方雨凝时的眼神，也没有办法忽视自己心中郁积的疑问。

　　方正树这几天的种种举动都与吴朝明几个月前见到的那个绅士判若两人，无论是面对尸体时的反应，还是凶案发生后那种令人怀疑的态度，都渐渐在吴朝明的脑中融合在一起，形成了另一个方正树的形象。这个形象虽然丑陋且让人难以接近，却更接近真实的方正树。

　　"吃饭了。"忽然响起的敲门声和方雨凝的话语，让吴朝明一下子从半梦半醒中醒过来。

　　"对不起，我居然睡着了。"吴朝明揉了揉干涩的眼睛，这并不是一次很好的睡眠，但是对于疲惫的他来说却聊胜于无。

　　"没关系。这几天辛苦你了。"方雨凝垂下漂亮的大眼睛，脸上露出了标志性的微笑，这副礼貌而矜持的样子与之前目中无人的侦探模样判若两人。吴朝明突然觉得眼前的场景有些恍惚，这还是那个为了杀人事件的真相和他热烈争执的方雨凝吗？眼前的方雨凝离自己实在太过遥远。

　　"我有话要对你说。"

　　话刚出口，吴朝明便开始为自己的冲动感到后悔。他对于自己想说的事情还并没有完全的自信，他现在拥有的只是一些零星的想法，远不足以解释全部的疑惑。退一步讲，就算他的猜测的确是真相，现在说出口也未必是最好的时机。话既出口，已经没有办法挽回，就在吴朝明对自己感到懊悔时，方雨凝已经不假思索地应承下来。

　　"好啊。"方雨凝声音爽朗，她没有察觉吴朝明复杂的内心。"菜已经做好了，我们边吃边说吧。你先整理一下，我在饭桌旁等你。"

说完，方雨凝转身离开了吴朝明的房间。

吴朝明踌躇着站起身，却一不小心碰到了桌上的东西。

"啪。"木盒子掉在地上，发出了清脆的声音。那东西是装木浮雕的函套，是他昨天和方雨凝研究木方时拿来的。这是个正方形的扁平盒子，似乎是掉落的冲击力所致，从内侧夹层里露出一个白色东西的边缘。吴朝明好奇地用手去拉那边缘，从里面抽出来一张薄薄的纸。

2

方雨凝做了三四道简单而精致的家常小菜，吴朝明先品尝了一口盛在精致瓷碗中的乌鸡汤。

"味道好吗？"方雨凝的语气里透露着她对这道汤很有自信。

"好极了，这绝对是我喝过的味道最好的汤！"

不知道是否因为这道汤是出自方雨凝之手，汤的味道在吴朝明舌尖打转，久久不散。值得回味的不仅仅是新鲜的口感，更多的是一股流淌进内心的温暖。简单来说，这一碗汤让吴朝明喝出了"未来"。他眼前仿佛呈现出已经成为夫妻的二人坐在餐桌旁的情景，他吃过方雨凝做的菜，接着为了家庭在外面努力工作。他们会有自己的孩子、自己的未来……

这样的场景，仅仅是在脑海中想想就让吴朝明激动不已。

我真的会有这样的运气吗？吴朝明原本已经不抱希望的心中，由于其他三人的死亡而变得不再平静，他开始想象自己与方雨凝结婚的可能。方正树曾说过当只剩下一个候选人时，他一定会成为继承人。但以方正树的性格，无论如何都不会认同我做他的女婿吧。

除非……

吴朝明的脑海中忽然产生一个有点邪恶的想法。

除非我在方正树的面前说出真相。

吴朝明摸摸口袋，他知道自己手中所掌握的信息具有多么沉重的分量，必要之时拿出来或许足以扭转他的整个人生。这样做无疑是卑鄙的，但如果是为了方雨凝，做出这种事在自己看来似乎也并不过分。

想到这里，吴朝明突然意识到方正树并不在餐桌旁。

"方叔叔怎么还没下来？"

"我刚刚去楼上叫他了，他没有回应，而且门也锁住了。应该还在睡觉吧。我们先吃吧，我已经给他留了一份，等他想吃的时候再给他送过去。"

方雨凝把最后一道菜端到桌边，接着脱下蓝色的围裙，拉开椅子坐在吴朝明旁边。

还是那个细心的方雨凝，做事情永远是这么滴水不漏，优雅得体。吴朝明暗暗赞叹，手中的筷子一下子沉重了不少。

"快吃吧，再过一会儿菜就凉了。"

　　脱离侦探的身份，方雨凝看起来就是个很可爱的普通女孩。她脸上轻松的表情让吴朝明不知道该怎么开口。

　　两人默默吃着，最后还是方雨凝开了口。

　　"你刚才想问的问题是什么呢？"

　　终于还是来了。方雨凝话音刚落，吴朝明便放下筷子，调整了一下呼吸。

　　"我想我已经知道了。"

　　"知道了什么呢？"方雨凝一脸疑惑，手中的筷子停在半空中。

　　"这三起事件的真相，我已经知道了。"

　　吴朝明强调了"真相"两个字，方雨凝轻轻将筷子放在桌上，表情迅速由明转暗。

　　"你在说什么，我都说过已经结案了。"方雨凝的声音异常低沉。

　　"我们之所以陷入了一个二十七种解答的死循环中，就是因为我们没有考虑最重要的一个因素。"

　　"哦？是什么因素呢？"

　　吴朝明无视方雨凝话语中的讥讽，继续说道：

　　"杀人案中最重要的因素就是动机。当我们的调查手段不够先进时，现场的证据没办法完全勘查和辨别，这时候动机就是一个好的调查切入点。一个人行动的根本目的就是动机，如果我们能解读出他的动机自然就离真相不远了。无论是哪一种推理，我们都必须给出一个合理的杀人理由，为什么十几岁的人可以用如此残忍的手法伤害其他人呢？"

"动机我们一开始就已经讨论过了，他们是为了争夺财产啊。"方雨凝满不在乎地说道。

"这样说实在太笼统，如果仅仅是为了争夺财产，那么杀死其他两人后再自杀便没有任何意义了。"

"也有这样一种可能吧，凶手发现自己没有任何胜算，想着既然要死也要带上自己讨厌的人陪葬，于是他选择杀死另外两个死对头然后自杀。"

"不可能，凭借他们的条件，肯定有自信不输给我。你难道想说他们认为自己绝对会输给我吗？"

"正是如此。"方雨凝的语气非常自信。

"为什么呢？"吴朝明对方雨凝的坚定感到无法理解。

方雨凝脸色绯红，紧咬下唇，似乎对接下来要说的话感到很羞耻。

"该怎么说呢，你真是缺少自觉啊……"

"嗯？哪方面的自觉？"吴朝明因方雨凝吞吞吐吐的态度感到更加好奇。

"你的外表，"方雨凝顿了顿，接着用安慰天真孩子般的语气说道，"你拥有足以令任何同龄男性嫉妒的外表啊。"

"外表……"吴朝明的脸腾地一下红了，"不要开玩笑。对于外表我还是有自知之明的。"

"到底是自知之明还是妄自菲薄呢？"方雨凝的语气变得郑重起来，吴朝明愈加慌乱。

"我……长相与我父亲十分相似。"吴朝明的言外之意是，父亲是个奸猾小人，长相也颇猥琐，即使不算丑陋，也绝谈不上英俊。他不能直言自己对父亲的看法，那是非常不礼貌的行为。

"你父亲年轻时可是西平镇出名的美男子，这一点连我都有所耳闻。"方雨凝幽幽说道，语气里是叙述事实的平淡感。

"就算是这样……"吴朝明突然发现他找不到反驳的话语。在他的记忆里，从小到大他所接触的人都称赞他是个俊秀的孩子，但在幼小的吴朝明看来这些人的赞赏不过是为了接近他父亲而做的恭维。

"所以说你真是没有自觉啊。"方雨凝用劝告一样的语气补充道，"我倒不是说外表有多么重要，但是你的外表足以让别的男性自惭形秽，这一点请你牢记。"

对于方雨凝忽然指出他的外表出众这件事，吴朝明的内心并没有特别激烈的反应。对于这一点，他心底似乎早有预料。在学校书桌里异常多的情书、所见到的几乎每一个女人都格外殷勤，诸如此类的事件发生多了便难以用"奉承镇长公子"的理由搪塞过去，之所以不想认同自己的外表很优秀，无非是内心深处对父亲的鄙视在作祟。

"我并不能同意你的这个理由，"吴朝明正色道，"所谓外表，原本就因为每个人的审美不同而会有完全不同的感受。就像方叔叔喜欢德彪西，你喜欢拉威尔，而我喜欢肖邦。你并不能说其中哪一位的音乐就远胜于其他人吧。"

"我只是替你指出这一点而已，有了这一点作为佐证，可以更合理地解释他们中的某人杀人后再自杀。"

"这只是佐证，"吴朝明摇摇头，"我已经发现了能够推翻这些推理的决定性证据。"

在方雨凝惊愕的眼神注视下，吴朝明像变戏法似的从裤袋里拿出一张纸。

"这张纸是我不小心碰掉了于林久的木刻作品，从函套夹层掉出来的。"

只见上面写着：

> 甲给予乙一百万元，作为商业投资。给丙五十万元，以及在丙上学期间（包括但不仅限于高中、大学）每年五万元的资助。
>
> 甲：于林久
>
> 乙：谢玉安
>
> 丙：姚凌

"我终于明白了，这三人一开始就是串通好的。"方雨凝喃喃道。

"是啊。他们在饭桌上就已经说明了自己的想法，只不过我们都没有认真听。"吴朝明的语气充满懊悔，"谢玉安想去大城市闯荡；姚凌想去大学学习医学，成为一名好的医生；三个人中想继承产业的人只有于林久。这三人刚好不谋而合，一起制定了这个协议。他们的计划很周密，考虑到我的竞争力远不如他们，只要另外两人主动让位，于林久就一定会成为方家的继承人。等到于林久继承了方家的财产之后，再给另外两人每人一大笔资金，这件事情就变成了三全其美的好事。"

方雨凝气得颤抖起来："居然有这种事情。只有我才有权力做出选择，他们有什么资格……"

"他们当时剑拔弩张的对立姿态让我产生过一丝疑问。就算对其他人再多不满，在方叔叔面前也不应该那么直白地争吵。现在看来都是他们夸张的戏码，故意装出不合的样子给我们看。"

"太可笑了……"

"我明知道这张纸的内容会伤你的心，却还是要坚持给你看，是因为它对于解答这些天发生的事件太重要了。这三个人之间并没有任何矛盾，所以他们也没有必要自相残杀，所以那二十七种解答从动机上就已经被否定了。"

方雨凝微微咧嘴，一脸苦笑。

"真是太可笑了。我用逻辑推理费尽心思得出的答案，竟然被一张纸全部推翻了。"

吴朝明摇摇头说："不，逻辑推理的确是通向真相的路径，但是逻辑并不是万能的，特别是在人与人的关系上。逻辑能解决的只有冷冰冰的东西，而人心是温暖的，人的心没有办法靠逻辑来推理。"

吴朝明说到这儿，意识到自己不知不觉间已经变成了教训的口吻，懊悔地低下了头。

"别卖关子了。请告诉我你认为真正的凶手是谁。"方雨凝的语气无比严肃。

"凶手就是方正树叔叔。"

吴朝明说这话时，方雨凝的面色立刻变得凝重而哀伤，但是好像早有预料似的，并没有表现出震惊。

"希望你能意识到自己在说什么。"

"我清楚地知道我的指控会产生多么严重的后果。如果不是因为对结论有绝对的自信，我也不会说出口了。"

吴朝明针锋相对的态度让方雨凝也变得严肃起来。

"既然这样，就请说出你得出这个结论的过程吧，我会认真倾听。"方雨凝正襟危坐，身体微微前倾。

吴朝明把她的态度当作鼓励，也整理了一下坐姿，深吸一口气。

"第一个让我注意到方叔叔的疑点，是方叔叔吃药这件事。当我们从外面调查结束回到望雪庄时，方叔叔正在柜子里寻找某样东西。我稍微瞥了一眼，似乎是个棕色的小药瓶。"

"那应该是速效救心丸吧，我父亲有很严重的冠心病，每天要吃三次。"

方雨凝交叉双臂放在胸前，做好了与吴朝明展开辩论的架势。

"我也是立刻想到了那是速效救心丸，管家爷爷在车上给我讲了方叔叔得病的事。"

"真是多嘴。这种事怎么能和外人说。"方雨凝面露愠色，似乎意识到管家爷爷随口说的话可能会对方正树不利。

"管家爷爷走之前问方正树叔叔的问题我隐约听到了，他问是否还有药，应该指的就是速效救心丸吧。"

方雨凝点点头。"当时我也在场。"

"方叔叔的回答是'还有半瓶'，这是个非常模糊的回答，但是从方叔叔多年服用同一个药物的经验来看，可以相信他对当时瓶子里的药丸数量的估计应该没有太大出入。"

方雨凝眯起眼睛没有回答。

"我奶奶以前有心脏病，所以我小时候去奶奶家无聊时就喜欢读药盒里的各种说明书作为娱乐。如果我没记错，速效救心丸一瓶是六十粒，剩一半就是三十粒左右，这个药每天服用三次，每次四到六粒。当然，这些都是我年幼时的印象，可能与现实有出入，而且每个人的服药习惯也不一样，所以方叔叔的服药习惯还是要先向你确认一下。"

吴朝明把话锋一转，方雨凝只能不情愿地点点头。

"你说的基本没错。父亲的药都是我和他一起买的，也是我一直监督他服药。速效救心丸是每次五粒，每天三次。"方雨凝的语气非常肯定，"父亲是非常一丝不苟的人，服药习惯也保持得很好。"

"让我们做一个简单的数学计算，我到望雪庄时是下午，当时管家爷爷问方叔叔药量，他回答还剩半瓶，我们就假设是三十粒。"

吴朝明向方雨凝抛去一个疑问的眼神，后者轻轻点头示意让他继续说。

"当晚方叔叔服药一次，第二天早上服药一次，中午服药一次，那么我们昨晚遇见方叔叔时他在找药瓶，当时他是否服用了晚上的一次药呢？"

"按时间来看他应该还没服用。"

"所以他找药瓶的原因是晚上要服药的药量已经不够了吧。"

"可能是。"

"那么我们算一算，三十粒药服药三次以后，应该还剩下十五粒，至少还够服一天。在当时刚刚发现了两人尸体的情况下，首先要处理的肯定是两名客人突然死亡一事，找新药瓶这件事完全可以等第二天再做吧。"

方雨凝默默无言，吴朝明轻叹一口气。

"唯一的解释就是他的药瓶里已经没有足够的药让他晚上服用了，也就是说整整十几粒药丸不翼而飞。你比我懂他的身体，能让他一次性多服用十几粒的情况只能是冠心病发作。那么他究竟是什么时间发作的呢？"

"可能是发现尸体之后太过心痛所以回去吃了大量药吧。"方雨凝的语气非常不自信。

"我觉得方叔叔当时的表情还算冷静，并不像心脏病发作的样子。"在方雨凝开口插话前，吴朝明继续说了下去，"其实讨论他是什么时候心脏病发作已经没意义了，只要确定他心脏病发作却没有告诉你这件事就已足够。既然你平时一直监督他服药，那么他突发心脏病怎么可能不告诉你呢？如果不是我指出药丸数量的疑问，你恐怕还不知道你父亲心脏病发作了吧？"

方雨凝低下头轻叹一声，似乎很后悔被吴朝明的话引进了陷阱里，现在掩饰已经来不及了，只能轻声说道：

"当时我问他在找什么，他没有告诉我。"

吴朝明一副不出所料的表情，轻轻点头。

"这样一来雪地上的木刻刀盒就很容易解释了。方叔叔杀掉谢玉安后心脏病发作，如果不立刻服用速效救心丸可能会有生命危险。这个药服用方式是放到舌下含服，但是在寒冷的室外太久就会让人口干舌燥，所以当十五粒药放入口中时方叔叔没有足够的唾液让药融化，这时他急中生智，从雪地上抓起一把雪放入口中，才得以让药丸融化。"

"所以你想说，木刻刀盒只是为了掩饰地上那一块雪被他挖掉咯。他把于林久的木刻刀盒放在雪地里那个奇怪的位置，只是为了掩饰雪地上少了一块雪？"

"正是如此，这一点和你推理出凶手是姚凌时对木盒的解释异曲同工。方叔叔的鞋码也是 38 码，所以倒行离开雪地的办法对他来说也可以使用。这就是根据谢玉安的死亡现场和方叔叔的药瓶推理出凶手是方叔叔的全过程。"

听了吴朝明的总结，方雨凝的表情不为所动，淡定地说道：

"药丸的数量的确是一个很有创意的切入点，但是你的这种推理只是你自己强行附会，完全置现实证据而不顾。我父亲是凶手这件事在现实中完全解释不通，有很多证据证明他绝不可能是凶手。"

"比如……"

"他怎么可能杀害姚凌？如果你想借用我推理出谢玉安或者于林久是凶手时他们所用的手法，也就是姚凌被另外一人击打后脑以后，回到房间才死亡，我父亲是完全做不到的。我父亲如果是凶手，他要先后在浴室里击晕于林久和姚凌两个人，这对于有心脏病的他来说不可能做到。退一步说，即使他有力气先后对两人行凶，在对一人行凶过程中也难免会发出大的声音而被隔壁浴室里的另一人发现，那么发现者肯定会发出惊叫吧，甚至可能跑出浴室来向我们报信，以父亲的身体素质肯定追不上全速奔跑的年轻人。但是我说的这些都没有出现，在主屋的我们并没有听到副屋那边传来任何奇怪的声响。"

"这一点我也考虑到了。"吴朝明胸有成竹地说，"如果方叔叔是凶手，那么姚凌的死用他被击打后脑再走入房间就说不通了。方叔叔是等姚凌离开副屋后才杀害于林久。所以现在需要解释的问题就只剩下一个，那就是姚凌死于完全封闭的密室，他是如何杀害姚凌的。"

"听这语气，你已经解开了这个密室吗？"

吴朝明得意地轻轻点头。

"密室是一种比较抽象的概念，含义也很深。在姚凌被杀的案子里，我们考虑了太多延伸含义，却适得其反，把简单的问题复杂化了。姚凌被杀的密室只是最基本的'上锁的房间'，所以我们想要解开它很简单，只要打开房间的锁就行了。"

"锁是德国定制的，姚凌的钥匙在他自己的口袋里，备用钥匙在无比坚固的保险箱里。这个锁要怎么开呢？请你教教我吧。"

方雨凝歪着头，露出挑衅的微笑。吴朝明却依然不慌不忙。

"第一步，拿到钥匙；第二步，用钥匙打开门。"

"你在耍我吗？"

"别急，我只是在陈述原理。每个锁都可以被这样打开，这一点你没有异议吧。"

方雨凝不情愿地"嗯"了一声。

"锁没有被破坏的痕迹，姚凌口袋里的钥匙也拿不到，所以最容易的办法就是得到备用钥匙。该怎样破坏固若金汤的保险箱得到里面的钥匙呢？"

"别卖关子了。"

"姚凌的钥匙很难拿到，让我比较在意的是备用钥匙。放备用钥匙的保险箱背后有一根粗电线一直深入保险箱后面的墙内，我起初以为这是为保险箱内部照明灯供电，但是仔细想想却说不通。如果只是照明灯，为什么没有插头呢？如果有插头，不开保险箱时就可以拔掉插头，可以省电。在建造房子时，把电线直接埋入墙内并不是简单的事，一定要这样做意味着这个电源的重要性。出于一个特殊的理由，保险箱必须保证时刻连接电源，绝不能被切断。联想到你说过保险箱的锁是电磁铁控制的，我有了一个大胆的猜测：这根粗电线正是为保险箱的电磁锁供电的电源线。"

吴朝明越说越激动，方雨凝紧紧闭起眼睛，眉头紧皱。

"这样一来我们之前的一个巨大疑问就解释得通了：为什么凶手要切断电源。思考凶手断电的理由，首先想到的就是断电后日光灯熄灭，凶手可以更方便行动，但是断电时我们两人和方叔叔在一起，没人有杀姚凌的时间，所以这个理由说不通。如果保险箱的电磁锁是由发电机供电的，那么凶手断电的理由就很明显了：他想要解除保险箱的电磁锁，拿到其中的备用钥匙。"

方雨凝依然紧闭着眼睛，一言不发。

"在我们两个想办法恢复电源供电时，方叔叔一个人站在一旁。当时房间一片漆黑，我们两人只能看到眼前被手电筒照亮的一小片区域，没人能看到站在我们身后的他，他有足够的时间走到离他不足一米远的保险箱旁，从已经解除电磁锁的保险箱里拿出钥匙。"

方雨凝的表情显示出她内心已经动摇，语气也不再自信了。

"如果真按照你所说，他在这时拿到了钥匙，从这以后他就一直和我们俩在一起，怎么可能有时间进入姚凌的房间杀害他呢？"

"并不是一直在一起，我们去找斧头的时候和他分开过十几分钟。"

吴朝明的语气无比冷静。

"你难道想说我父亲用这段时间杀死了姚凌吗？"

"正是。"

"可是停电时姚凌房间内的巨响该怎么解释，他难道不是死于那时吗？"

"不，方叔叔是在我们离开后才进入房间杀害了姚凌。"

"那么为什么你用力拍门时姚凌没有任何回应呢？"

"很简单，这些都是方叔叔与姚凌的共同计划，姚凌自己就是共犯。"

"计划？你莫非想说姚凌的死是他和我父亲两人合谋吗？"方雨凝的语气咄咄逼人，看向吴朝明的凌厉目光里表明了"你要是敢这么说我就和你翻脸"的意思。吴朝明没有理会，继续解释道：

"方叔叔的话姚凌自然言听计从。他只要用谎言欺骗姚凌就好了，比如他说他要制造一个意外断电的状况来考验另外两个候选人的胆量，让姚凌配合他。方叔叔指示姚凌先在整个房子停电时扔下守护球，发出巨响。"吴朝明停下话头，做出向地上扔东西的手势，然后继续说道：

"等到我们听到巨响，来到楼上敲门时，姚凌不回应，装作房间内没人的样子。在我们两人离开门口去找斧头时，方叔叔立刻进入房间，迅速用守护球砸死姚凌，再把球放到地板上。接着他离开房间，用备用钥匙将门反锁。这样就完成了在看似完全不能进入的房间里杀人的完美犯罪。"

"不是这样的……"方雨凝摇着头，颤抖的声音里带着哭腔。吴朝明听了感到胸口一阵发闷，但是依然继续说：

"于林久尸体上的水还是可以用你提出的延时诡计来解释。方叔叔要给自己争取足够多的时间回到二楼自己的房间，所以才使用了延时诡计将于林久吊死。这些都是你的推理，不需要我再重复。"

吴朝明发觉自己的话语中似乎有讽刺的意味，这让他对自己说话的态度感到懊悔。他不想让方雨凝伤心。不过仔细想想他推理所利用的小结论，也就是方正树杀人的诡计，几乎都利用了方雨凝推理的思路。他只是发现这些别人可能使用的手法方正树刚好也可以使用。如果不是方雨凝把这些方法说出来，吴朝明凭借自己的力量肯定解不开这么多的谜团，所以他能发现方正树的罪行有一半是方雨凝的功劳，这样一想的确有些讽刺。

"还有一个疑问你没有解开。"

隐约猜到方雨凝要问什么问题，吴朝明的手激动得微微颤抖。终于要面对这个最尖锐的问题了。

"请指出。"吴朝明压抑着感情，故作平静地说道。

"作为侦探，首要考虑的应该是最客观的证据。你一直在一楼监视，所以我和父亲都有牢不可破的不在场证明，这一点从一开始就讨论过了。"

这一刻终于来了。方雨凝提出了吴朝明一直在试图回避的问题，他一瞬间有种解脱感。

"我们之前已经分析过，方叔叔有一种从二楼出去的方法：他在房间里穿上事先准备好的雪地鞋，用事先藏在房间内的梯子从二楼的窗户爬出去。"

"那么他之后又如何回来呢？梯子被留在于林久死去的现场了，从楼梯走会被一直在一楼的你看到。"

吴朝明仔细思考着措辞，空气里剑拔弩张的气氛让他喘不过气来。几秒钟后，他才缓缓开口。

"我的确一直守在楼下，一分钟都没有离开，但是我却不能够保证我一直盯着楼梯。其中有几十秒钟的时间，我什么都看不到。"

"是吗？那时候你在做什么？"方雨凝面无表情，但是吴朝明却觉得她在明知故问。

"实话说，我曾以为那是我一生中最幸福的一瞬间。"吴朝明眯起双眼，沉浸在回忆中。"但是现在想想，那短短的几十秒钟恐怕会成为我一生的悔恨。"

吴朝明深吸一口气，表情严肃，缓缓开口道：

"当时我推理出了你小说里的真相，你说让我闭上眼睛给我一个奖励。就在我闭眼的几十秒内，足够方叔叔从正门溜到楼梯。接着，方叔叔从楼梯回到了二楼。这就是整件事情的真相。"

终于说出这句话了，吴朝明忽然感到无比轻松。方雨凝为了包庇方正树而利用了他，这是他最不想承认的一个事实。

"真没想到你能想到这么多，看来我之前真的是低估你了。"

方雨凝紧咬着嘴唇，似乎在竭尽全力保持冷静，然而她微微颤抖的手臂已经暴露了她内心已开始动摇。

"那么，你有证据吗？"

"方叔叔留下了一个致命的证据。他虽然可以通过延时装置切断总电源把备用钥匙从保险箱里偷出来，但是他却没有办法用同样的办法放回去。"

吴朝明轻叹一声。话音刚落，方雨凝双腿一软，顺势就要倒下，吴朝明连忙伸手扶住她。

方雨凝轻轻靠在吴朝明怀里，白皙的面颊上滑过两滴闪闪发亮的泪珠。

3

吴朝明扶着方雨凝坐到沙发上，她喝了一杯水后终于冷静下来。吴朝明把唱片机里的唱片换成德沃夏克的《G大调诙谐曲》，然后也坐在沙发上。

"有个问题困扰我很久了。这个问题比较隐私，所以你不想回答的话也没关系。"吴朝明屏住呼吸，仔细思考着措辞。"你母亲的去世……是什么原因呢？"

方雨凝紧咬下唇，这似乎是她说谎之前不自主的动作。果不其然，她紧接着说出了一个很明显是谎言的答案。

"因为生病。"

"那可以告诉我夺走她生命的是什么疾病吗？"

"她得了肺结核。兴安山的气候过于寒冷，而且医疗水平也不高，所以最后她没得到很好的治疗，落下病根，不久就去世了。那是我小时候的事，已经记不太清了。你问这个干什么？"

方雨凝的耐心被消磨殆尽，双手抓着头发，显然被勾起了不快的回忆。

看到她悲伤的表情，吴朝明的心一下子揪在了一起。他犹豫是否该继续向她询问，这种状况简直就像在审问一样，可如果现在不问清楚这件事，案子就得不到真正的解决。

"长久以来，我都被一个噩梦困扰着。梦里，一个女人在雪山中被推下悬崖，起因其实很简单，我曾经听我父亲提起过现场。我一直以为父亲和那女人的死有关系，所以我也活在恐惧和罪恶感之中……"

方雨凝没有接话，吴朝明继续说了下去："我本以为这件事永远都是一个埋藏在我心底的谜，我甚至祈祷父亲当时的话只是我自己的幻想，来到这里之后，我数次发现新的线索，所有的碎片都在暗示这个场面曾经真实存在过，而拼接在一起就出现了一个完整而恐怖的真相。"

方雨凝的表情变得古怪起来，看得出她尝试微笑却并未成功，最后只咧了咧嘴。

"这只是一个传说。我们家在这里生活了这么多年，从没有听说过这座山里发生过那么恐怖的事情。兴安山虽然地方不大，但毕竟是附近最高的雪山。有人为了寻死，也经常会在冬天走进雪山，就此消失，所以才会产生那么多的传说。实际上在兴安山里死去的人多半没人知道，因为大多数尸体都在被人发现之前被新的降雪深埋了。"

方雨凝面无表情地说出这些话，但吴朝明知道她在硬撑，所以更觉心痛。

"但是我已经听到了三个目击者的证词，所以这绝非巧合。我的父亲曾经看到雪山里坠落的女人，那是五年前的事了，而管家告诉我他来望雪庄也是五年前，那次我因为发烧没能一起来。方叔叔在饭桌上对谢玉安他们说五年没见，说明他们五年前也在场，而自那以后他们再也没有来望雪庄。最后，当我提起雪山里坠落的女人时，你的表情瞬间变了，我就明白了，你当时也在现场……"吴朝明顿了顿，说道，"在雪山中死去的那个女人……就是你的母亲吧。"

吴朝明感到自己这些天来第一次这样平静。耳边一直未停止过的嗡鸣声一瞬间停了下来，世界都变得安静了。

"五年前发生的案子，虽然我不是亲历者，但我根据所有人的反应，组成了我的猜测：一群人打算让某个女人死，这是一个很多人共同设计的谋杀行为，并非什么意外。这个女人在雪山里这件事，现场的所有人都知情。很遗憾，我父母似乎就是这些人中的两个，如果我没有因为发烧而错过拜访的机会，恐怕我也会成为目击者之一。如果是那样，我现在可能也作为你父亲仇恨的对象，变成一具尸体了吧。"

吴朝明意味深长地停顿了一下。

方雨凝一声不吭，但是她的表情告诉吴朝明，他的猜测都是对的。吴朝明感到非常悲伤，一方面是因为他越来越接近事件的真相，而事件的真相竟是这样悲惨；另一方面，他也突然意识到自己是杀人凶手的后代，他为自己有这样的父母感到悲哀。

半晌，方雨凝才缓缓说道："就算是这样又如何呢？事情都已经过去了那么久，再追究已经没有证据了。"

"恐怕对于你父亲来说，这件事不可能那么轻易过去吧。你的父亲深爱你的母亲，但是这些人却为了自己的利益，轻易夺走了你母亲的生命。"

"请别说了……"

方雨凝紧紧闭着眼睛，声音已经有些颤抖，她的样子已经完全失去了大小姐的自信。吴朝明把手放在方雨凝的背上轻抚，她深呼吸了几次，终于平复下来。

"如果你不想说就不必说了，但如果你想说出来，我会是一个很好的倾听者。"

方雨凝摇摇头，摆出一副打算和盘托出的架势，接着以毫无起伏的语气开始讲述。

"当时在场的人，有我和父母，还有四个镇长以及他们的夫人和长子，共计十四人。连孩子们都被邀请，应该不是什么正式的事情，只是友情性质的聚会吧。各个镇子之间虽然有竞争，但毕竟有祖辈的情谊在，相互之间依然处于其乐融融的状态。然而，这时却发生了一件事，瞬间打破这个平衡。"

方雨凝深吸一口气，接着说道：

"我父亲当众宣布，母亲怀孕了，是个男孩。他还表示等儿子继承自己的产业后就让儿子去北京，甚至去国外发展。镇长们如梦方醒，如果没有我们方家的支持，他们的孩子以后都没有办法当上镇长了。当时镇子里已经重新开始民主选举，到了他们儿子这一代恐怕很难凭本事当上镇长。

"这些镇长们情急之下想到了一个恐怖的计策，那就是让我的母亲死亡。我的父亲非常爱我的母亲，如果她死掉了，我父亲绝不会娶新妻子。这样一来我父亲就只有一个女儿，没有任何儿子。到了女儿谈婚论嫁的时候，一定会想要在各镇长家里挑女婿，到时他们的孩子就是首选。"

方雨凝的声音越来越小，语气却越来越冷静。吴朝明听着她用毫无感情的语调叙述，渐渐感到脊背发凉。

"这些人之中没人有杀人的勇气，所以他们想干脆制造一起意外。制造意外的办法可能是任何一个镇长想出来的，他们都极有心机。他听了天气预报知道可能会发生雪崩，所以骗我的母亲说，你女儿在山里走丢了。母亲发了疯似的去雪山里找我，之后果然遇到了雪崩，惨死在雪山里。"

吴朝明轻轻闭上双眼，他已经知道父亲那番话为何会成为他多年的梦魇，是因为愧疚。那番话的字面意思被吴朝明的意识加工成了女人坠落的画面，而聪明的潜意识敏锐地捕捉到了那番话里身临其境的愧疚和恐惧，于是在梦中，吴朝明成了推下那女人的凶手。这和吴朝明之前猜测的差不多，是父亲的罪传递到了他身上，被他自己深刻铭记。

方雨凝的身体颤抖着。

"这件事里所有人都是帮凶，保守秘密就是保护我自己，所以也就一直没有外人知道。但是他们太低估我父亲了，只要我父亲想知道的事，就不可能查不出来。这些事是我父亲调查多年的结果，直到一年前他才告诉我。"

"你父亲一早就开始规划杀害这几人的方法了吧。他日日夜夜都盼望着你长大成人，利用给你选夫婿的机会一举杀掉这些仇人的孩子，让他们也感受到刻骨铭心的痛苦。"

吴朝明的语气比起悲伤，更多的是同情，还有一点愧疚。

两个人都不再说话，时间仿佛凝固了。过了不知多久，方雨凝缓缓说道："能不能答应我最后的请求？"

"请说。"

"我希望你不要把这件事情告诉别人，我想劝我父亲自己去自首，可以吗？我想为我父亲保留最后的尊严。"

吴朝明耸了耸肩。"我只是说出我看到的事情而已，我之所以宁愿让你伤心也要解开这个谜题，就是不想让你一生都活在悔恨里。我可以保证一生都不会告诉别人这几天发生在望雪庄里的事情。但是你究竟该怎样做，才能不让自己的余生活在悔恨里，这是只属于你自己的难题，没有人能替你面对。"

"谢谢你……"方雨凝的话刚出口，就被"砰"的一声巨响盖了过去。吴朝明和方雨凝都吓了一大跳。

"发生了什么？"

两人连忙跑上楼，猛敲方正树的门，然而里面没有任何回应。转动门把手发现房门已经反锁了。

"我们还是用老办法，把门劈开吧。"吴朝明取来斧头，将房门劈开一个大洞。只见方正树一动不动地靠在椅子上，地上扔着一把深黑色的手枪……看得出刚刚那一声响正是地上的手枪发出的。

"为什么……"吴朝明惊讶地捂住嘴。

"爸爸！"方雨凝大叫了一声，打开门锁冲上前去。吴朝明从未见过这样惊慌失措的方雨凝。

"对不起，一切都是我的错，如果我能早点发现，就可以制止这一切了……"方雨凝没有听到吴朝明的喃喃自语。

方雨凝趴在父亲的尸体上，痛苦哀号。

吴朝明无力地跌坐在地上。他已经不知道此时自己能做什么了，身为一个男人的尊严，刚刚才拾起了一点点，就瞬间消失殆尽。方雨凝的安全感没有了，方雨凝的依靠没有了，方雨凝的一切都没有了，但我能为她做些什么呢？

这无垠的雪山连方雨凝最后的希望都要夺走，在这白色世界之中，还有什么可以留下来呢？

吴朝明原本对自己的推理还抱有一丝不自信，对事情的真相还抱有一丝怀疑，但看到方正树尸体的那一刻，一切猜想就已经得到了证实。

所有逆转的可能性都已消失，所有的猜测都归结于现实。唯一的正确答案突然呈现在他的面前，宣布他的推理正确，然而他却只感到悲伤。

推理出真相真的可以给人带来幸福吗？吴朝明开始憎恨拼命寻找真相的自己。

他终于明白，在他的世界里，最重要的事情只有使方雨凝幸福。除此之外的其他东西，对他来说一点也不重要。父母对他的期望、杀人事件的真相、单恋的烦恼……这些让他担忧的事此刻全都如同雪山间偶然飘过的云絮，转瞬便消散得无影无踪。

吴朝明的手搭在方雨凝的背上，方雨凝抽泣时的颤抖通过手心传递给了他，那一瞬间，他忽然觉得这个世界只剩下了他和方雨凝两个人。他紧紧地抱住方雨凝，任凭她的泪水洒落在他臂膀上。

第八章

追雪

Chapter Eight

1

头剧烈地疼，四肢完全不听使唤。几点钟了？吴朝明勉强用手撑起上半身，看了一眼钟表。凌晨三点钟。明明没有做噩梦，为什么这么快就醒了？吴朝明想了想，恐怕因为自己心里还有一些不确定的事，所以才会睡不踏实。这种事常常发生，如果带着很深的忧虑进入睡眠，就很难睡得安稳。

窗外一片漆黑。离日出还早，要不要再睡一会儿？吴朝明一边想着这个问题，一边手用力揉着太阳穴，试图缓解头痛。

昨晚把方雨凝送回她的房间后，吴朝明始终难以入睡。他总觉得自己还遗漏了什么重要的东西。

他起身出门想随意走走。不知不觉来到了姚凌的房间门口，轻轻推门而入。房间内还残留着淡淡的尸臭味。虽然尸体已经被搬走，但是味道却没那么容易散去。吴朝明本不想在这时来到这里，但他有一件事耿耿于怀，既然刚好走到这里，要立刻确认一下才能安心。想到这儿，他不情愿地捏起鼻子踏进屋内。

除了没有尸体，屋内的状态与刚发现姚凌尸体时别无二致。但是由于缺少了方雨凝的身影，加上又是寂静的午夜，整个房间暗淡得有些阴森。

屋内的摆设很单调。没有人之后，尤其显得空旷。

除了一个衣柜、一张床和一张书桌，便没有大的家具了。床在房间的角落里，书桌紧靠着床，桌上整齐地摆着一排棕色书脊的文学书，从外表看都很新。

《八月之光》《押沙龙！押沙龙！》《坟墓的闯入者》……整齐而漂亮的书脊显示出这套书价格不菲。"威廉·福克纳。"吴朝明心里产生了与这个名字相关的不快回忆。这个作家的作品他曾读过，很晦涩难懂。姚凌并不是热爱阅读的人，这一点吴朝明可以一眼辨出。那么这些相对艰深的文学书籍为何会出现在姚凌的书桌上呢？

吴朝明从中选出一本最薄的《八月之光》，信手翻开。扉页正中，作品名字下面，印着一方红色的印，是小篆。吴朝明凭借自己学过几年书法的童子功，勉强辨认出印上是"正树藏书"四个字。

原来如此。刚才的疑问一下子得到了解答。这几本书并非姚凌自己带到望雪庄的，而是来自方正树的书架。恐怕是访客到来之前，方雨凝随意从书架上抽取了几本书摆在各个房间的书桌上，作为装饰吧。

吴朝明将视线转向地上的守护球。

守护球静静地躺在地上，吴朝明没有开灯，窗外洒进来的微弱月光把球体的影子拉得老长，在晦暗的房间里显得格外落寞。

吴朝明感到有些累了，在床边坐下。闭上眼睛，方正树举起守护球砸向姚凌的画面清晰地浮现出来。他想抛开这些想象，轻轻挥手，却不小心打到了桌角。

"好痛。"吴朝明忍不住叫出声音。他睁开眼睛，看到桌子摇晃了一下又恢复平稳。

奇怪，为什么桌子会有这么大幅度的摇晃？

带着这种疑问，吴朝明重新仔细审视着桌子腿。没多久，他就发现了玄机——靠近床的一侧，有一个桌腿底部的金属套不见了。

桌腿都是木质的，为了增加与地面的摩擦力，增强桌子的稳定性，桌腿的底端都会有金属套，这个外套像帽子一样扣在桌腿上。然而这张桌子却有一个套子不见了。

失去一个套子后，这一侧的桌腿理应比其他腿低才对，为什么桌子还能一直保持平衡呢。难道是依靠书来维持平衡吗？为了验证这个猜想，吴朝明好奇地轻轻晃动桌子，有一种莫名的阻力从手中传来。

当他松手时，整个桌子又迅速恢复了平衡。

太奇妙了！吴朝明被眼前的现象震惊得呆若木鸡，简直就像有一只神奇的大手在维持着整个桌子的平衡。

这种感觉就像……

吴朝明心中的某个部分开始剥落，紧接着，他心中早已构筑好的逻辑世界开始崩塌。

他的身体止不住地战栗，几乎当场晕倒在地。

2

"你在吗？"吴朝明走到方雨凝房间门口时，门开了一道缝。他有些担心，敲了敲门，里面一片寂静，没有回音。

吴朝明对于方雨凝不在房间这件事毫不惊讶，像早已预料到会有这样的事情发生似的，意识到这一点后他对自己的直觉感到厌恶起来。

"抱歉，我进来了。"

轻轻推开门，房间内少女的香气扑面而来。

就像他预想的那样，房间内空无一人。

桌子上的眼镜盒开着，里面稳稳当当地放着这几天方雨凝戴的眼镜，是黑色的塑胶边框。

方雨凝出门居然不戴眼镜吗？转念，吴朝明的心里立刻有了答案。"她应该是戴着备用眼镜出门了吧。"

为什么我会知道她有备用眼镜？吴朝明思索了一秒钟，脑海中闪过第一次遇到方雨凝的画面。

啊！在菜场相遇时，她戴的眼镜并不是黑色塑胶边框。吴朝明记得很清楚，那是个金属边框的眼镜。难道方雨凝在这几个月里换了眼镜吗？如果是这样，她又为什么在今天突然戴上了几个月前的那副眼镜，把这副新眼镜放在房间里呢？

疑问产生后，吴朝明开始变得莫名焦躁起来。

她去了哪里，不会有事吧？

怀疑的种子一旦注入心田，便以吴朝明无法控制的速度滋长，他的心里产生了一个个无比邪恶的猜测，而现实可能比他想象中还要让他伤心。所以他现在只想快点找到方雨凝，把心中的疑惑解开，在这之前他什么都不敢想。

对了。如果我的猜想正确，那么她现在一定在那个地方。

稍微冷静下来后，吴朝明的脑海中清晰地浮现出方雨凝的身影，而她所在的地点也只能是那里。

吴朝明看了一眼表，四点半，离天亮还有一段时间。

拜托，一定要抓紧。吴朝明默默祈祷着，奔跑着冲出了房间。

凌晨时分的天色无比暗淡，天空中飘洒着零乱的雪花，偶尔吹来的风带来了山谷里的冷气。雪花在没有打伞的吴朝明头顶融化，水珠有些挂在发梢，有些顺着头发流进脖颈，让他不禁打了个寒战。转身回房子里取一件更厚的大衣显然是更明智的选择，但他已经管不了那么多了，他向着浓雾弥漫的山坡狂奔而去。

拜托，一定不要出事啊。

吴朝明把自己从未信奉过的神明全部拜托了一遍。

山坡的顶端是一大片开阔地，开阔到有些一望无际，虽然这也在吴朝明预料中，实际看到却还是让他震惊得说不出话来。

平地上只有一棵参天大树耸立着，十分显眼。树下有一个人影，确认那是方雨凝后，吴朝明终于放缓了脚步。

离大树越来越近了，方雨凝始终没有看向吴朝明的方向。像是早已预料到他要来似的，面无表情地看着远方，脸上没有丝毫的惊讶。

　　既然她装作没看到我，那我也索性当她不在这里好了。赌气似的这样想，吴朝明在大树的另一侧蹲下，舒缓自己急促的呼吸，过了一会儿才平静下来。

　　"我已经知道了，这么晚才明白，真是抱歉。"

　　大树很粗，两人站在相对的两侧，互相看不到对方，但是吴朝明知道方雨凝能听到他的声音，所以自顾自地说了下去。

　　"杀了你母亲的人并不是外人，就是你父亲，对吧？"

　　吴朝明决定单刀直入，他已经精疲力竭，没有力气再去寻找委婉的说辞了。

　　"你的父亲就是杀害你母亲的真正凶手。他利用的手法惊世骇俗，以至于我在看到现场之前完全不敢相信。"吴朝明转头看向离树一百米外的一大片平地。"没错，这里就是杀人现场，或者说，是杀人舞台的一部分。

　　"你的母亲应该受了很严重的全身外伤，所以看起来就像是从山上掉下来摔死的吧，其实还有一种情况可能让人受这么严重的伤，那就是车祸。但不是真正意义上的车祸，只是一种比喻。你母亲是死于车祸，撞死她的车不是别的，就是整个望雪庄。"

　　吴朝明习惯性地安静下来，想听方雨凝的反驳，可是他背后却是死一般的安静，这让他有些不适应。

　　"我们脚踩的这片雪地，以及雪地旁的这棵大树，实在是和望雪庄所在的土地太像了，连那棵大树都是一模一样。我刚才看到这景色的一瞬间，就全明白了。雪山里就是这样，这片土地和望雪庄所在的土地，其实没人真正分得清楚，我们所分辨相似的雪景，只是在依靠最大的标志物，也就是望雪庄。但如果有一天连这个标志物都被偷偷做了手脚，那么恐怕谁也无法指出景色的变化了。

"是的，这就是你父亲瞒天过海的诡计。他在建造房子时就已经想到了杀害你妈妈的方法，所以选择了这样有点特殊的位置：坡上和坡下都是平地，而且土地构造和周围景色类似，最重要的是，都有一棵大树。他在坡上的平地建了望雪庄。这样的一块地其实很难找，但是你父亲却有足够的耐心慢慢找，毕竟对当时的他来说杀害你妈妈就是他残余人生中最重要的事了。

"我们脚下这块地就是望雪庄曾经的位置，它看似平整，其实处于一个角度很小的斜坡。你父亲在建造望雪庄前，先在地底制造了一个特殊的地基，这个地基就是一块大型铁。而望雪庄地下也有一个巨大的电磁铁，不如说整个望雪庄的底部就是一块电磁铁，只要通电就可以保证磁力。这样一来，望雪庄不需要真的和地底相连，只要通过两块磁铁之间的磁力就可以维持平衡。但是某天，当房子内的总电源被切断，望雪庄底的磁铁失去巨大的电磁力，整个山庄便会因为斜坡的倾角，沿着斜坡渐渐下滑，速度越来越快，等滑到坡下的平地上时已经像一个失去控制的汽车一样。他事先让你母亲站在坡下的平地上，就这样，你母亲还没来得及思考发生了什么，就被山坡上滑下来的山庄给撞死了。在平地上继续滑行了一段距离，山庄慢慢停下，便到达了现在的这个位置，一切尽在你父亲的掌握之中。

"你母亲死时有几个镇子的镇长和他们的家人作为目击证人，所以没人会怀疑她的死因。但是你父亲让整个山庄滑落时，房子内的东西肯定很多都已经掉落或者摔碎，这些现象不可能瞒住所有人。唯一的可能就是他已经事先买通了所有人，这样一来他需要骗过的只有你，也就是说你母亲的死就是方正树导演的一出戏，除你以外的所有人都是演员，只有你一个人是观众。我想这也就是你要把他们全部杀掉的原因。"

吴朝明轻描淡写地说道。

"是的，杀害他们的凶手就是你，这些天所有的一切都是你一人所为。"

这句话说出口后，吴朝明感到轻松了许多，他自然而然地继续说了下去。

"最开始让我感到奇怪的一点是，你说我弹钢琴弹得'整体不错'，但是我当时可是翻错了页，对你来说，就算是出于安慰的赞扬，应该也不会说弹错了页码的我'整体不错'吧。唯一的解释就是，我中间弹错的部分你根本没听到，你当时并不在二楼，而是在副屋行凶。

"你利用梯子离开房间，杀死谢玉安后倒着走出了雪地，打晕于林久后把他吊死。但是我一直在一楼监视，你是怎么回到房间里的呢？这一点让我迷惑了很久，但是联系到谢玉安曾经提到的墙中传出的幽灵般的脚步声，以及望雪庄特殊的构造，也就不难猜测了。我在厨房里见过大锅，灶台就在房间的东南角，当时没有留意，后来忽然想到你曾经说一楼厨房的灶台和二楼的壁炉共享烟道。我立刻想到，这就是我一直在寻找的那条一楼和二楼之间隐藏的通道。你从窗户进入一楼的厨房，再通过烟道爬进二楼你房间的壁炉里，这就是不经过楼梯也能上楼的方法。

"你父亲的死也可以用烟道来解释。他死于真正的密室，所以解答也就尤为简单，你在厨房做菜时通过烟道进入他的房间，用手枪杀害他后再原路返回厨房。就是这么简单。至于我们后来听到的那一声巨响，只是你为了迷惑我，事先准备好的录音带罢了。你应该是用了消音器吧，当时半梦半醒的我只听到厨房里传来的油溅落的声音，现在想想也是你故意弄出噪声来迷惑我。总之，一旦领悟了这个烟道的设计，便没有什么不能解释了。这也是一种思维定式吧，因为误认为我们所在的舞台是封闭的，便难以思考这一舞台本身的机关了。但是你也忘了一点，就是一旦这个烟道被外人发现，那么凶手的身份就完全锁定了，能熟练利用烟道，并且在脏兮兮的烟道里爬过之后还能立刻更换衣物的人，也只有你了。

"最后，只剩下姚凌的死最难解释了。他活着走上楼后，你就一直与我在一起，没离开半步。你怎么可能连房间都不进就轻易杀掉他呢？我怎么想都想不通。直到在姚凌的房间里，看到有一条桌腿缺失了套子，在那一瞬间我知道一切谜题都已经解开了。

"一条桌腿悬空，桌子却依然能够维持平衡，甚至可以说有一种特殊的力量在让它保持平衡，这种力量是什么呢？'磁力'，这个词立刻出现在我脑海里。联想到你父亲杀害你母亲时的那个诡计，我立刻就明白了，这个神秘的力量就是磁力。房子底部的电磁铁和总电源相连，虽然方叔叔应该找机会重新在房子周边建了地基，让房子不那么容易滑动，但是一直都没有办法把这个磁铁移除掉，因为它就是整个房子的最底层。所以房子过了这么多年依然存在磁力。这也就是他不允许其他人携带金属物品进入望雪庄的理由。你杀害姚凌的方法是这样的：首先，你把姚凌房间里的桌子一个桌脚的金属套去掉，桌子本应该不平衡了，但是另外三个桌脚的底部金属套会受到望雪庄底部磁铁的磁力作用，正是这个磁力使得桌腿被牢牢吸引，维持着桌子的平衡。当电闸被切断时，桌子就会向没有金属套的一侧倾斜，摆在桌上的守护球就会顺着桌子滚落，由于那一排书的存在，守护球滚落的轨迹也被限制了。当时姚凌应该在做俯卧撑吧，熟知他习惯的你，利用他近乎偏执的时间观念，设计了这个时间诡计，让滚落的守护球分毫不差地砸死了在床上面朝下做俯卧撑的姚凌。

　　"这就是这四起杀人事件的真相。现在想想，我所有的猜疑都是从你桌子上的备用眼镜开始的。明明那副金属边框的眼镜那么好看，为什么要无缘无故换眼镜呢？我后来想到，你不在房子内戴那副眼镜，会不会和方正树不允许我们在望雪庄里用金属物品一样，有什么特殊的理由呢？这些天听到的所有与'金属'二字相关的话语全都涌入我的脑海：我想起管家的妻子因为心脏病装了心脏起搏器，后来方叔叔就再也没让她回望雪庄工作。会不会是因为方叔叔害怕身体里有金属的人进入望雪庄？但是姚凌提到过，他带了铅球进入望雪庄被方叔叔看到居然没有斥责，而于林久带了小型收音机进入却被方叔叔责骂。还有，望雪庄里房间的钥匙也都是金属的，但是密度显然比铁轻，应该是其他种类的金属，为什么方叔叔会不介意呢？最后我想，小型收音机里有铁，心脏起搏器里有铁，你不在山庄里戴的眼镜框的材质也是铁，大概方叔叔怕的不是'金属'，而是'铁'这一种金属吧。想到铁的特殊性，我立刻想到了科学课上学到的磁铁，磁铁会吸引铁而不会吸引其他金属。会不会望雪庄里的一切都和磁铁有关？突然有了这个想法后，我彻底打开了思路，眼中看到的一切都改变了，就这样一步步走向真相。要想证明这一切很简单，我们脚下踩的这片雪地下一定有一块巨大的磁铁吧，只要动用大型机械把磁铁挖出来，一切就会水落石出了。"

结束了漫长的自白，吴朝明好像被抽干了灵魂一样瘫坐在地，背后紧紧靠着树干。他已经不知道此时自己心里究竟是什么想法，他也不知道方雨凝在想什么，甚至连这些话说出口的目的他都不知道了，只剩空虚和疲惫。

"母亲死后不久，我来到我们从前经常一起玩耍的树下，想找以前测身高做过的标记，却怎么都找不到。"方雨凝用平淡的语气展开了叙述，"我以为是我眼花了，但是树干上却什么都没有，那一刻我就知道，那棵树已经不是我记忆里的树了。我当时下定决心，就算找遍整座兴安山，也要找到我记忆里的那棵树，因为那不仅仅是一棵树，还是我和我母亲的全部回忆。我相信只要带着执念寻找，总会找得到。这不，我只用了半年就找到了这里。"

方雨凝的语气很轻松，就好像在叙述一件很简单的事情一样。吴朝明听得心如刀绞。

"可是，当时你给我看过那棵树上的划痕……"

"你真傻，那当然是我自己划上去的啊。我不想让任何人发现父亲的秘密，在我杀死他之前。"

吴朝明低下头。他看不到方雨凝的表情，但是能从她的语气中听出笑意，好像确实在为吴朝明的问题发笑。

"可是你父亲应该还是爱你的。他设计了这一切，只是为了杀害你母亲的残忍一幕不让你看到，这说明他内心里对你母亲的恨和对你的爱分得很清。这就是他关心你的最好证据……"

方雨凝笑着摇头，接着，她用和缓的语气叙述道：

"在我很小的时候，我特别羡慕父母之间的爱情，他们相敬如宾、举案齐眉。后来父亲太忙，便经常让我和母亲回老家四平市居住，但是到了周末他还是会回来看我们。但是从某一天开始，父亲就变得脾气暴躁，经常打骂母亲。后来我渐渐长大，父亲告诉了我他愤怒的原因：我不是他的亲生女儿，是母亲和情人的孩子。那之后不久，母亲就死去了。从此他的怒火就从母亲身上转移到了我身上，他常常会让我半夜去他的房间，承受他的虐待。他不想让用人看到我在夜晚进入他房间，所以常常让我假装在厨房学习做菜，再通过烟道爬进他的房间，望雪庄的烟道就是因此而设计的，里面有一个长长的梯子。"

吴朝明努力克制着自己的情绪，但是当脑海中出现方雨凝通过密道进入父亲房间的画面时，他不禁感到眼前一黑。

"所以你现在明白了吧，你所谓的父亲对我的仁慈行为，其实是他最大的残忍。他不让我知道母亲死亡的真相，其实是他想让我蒙在鼓里，等母亲死后再和我清算。也就是说，我母亲死去的那一刻，对我的惩罚就开始了。他想毁掉我余生的全部幸福，包括这次替我找丈夫，也是他计划中的一部分，我清楚地知道这一点。如果他还活着，一定会选择一个我最讨厌的人当我的丈夫，并且让我和这个讨厌的丈夫一起继续生活在望雪庄里，生活在他的阴影之下。所以想要改变命运，我能做的只有一件事，就是杀了他。"

方雨凝的声音停止了，似乎没什么再说的。吴朝明转过身，想抱抱她，然而树后已经没有了方雨凝的身影。眼看着她走向悬崖的方向，身影几乎要消失在浓雾中。

吴朝明连忙追赶过去，跟在她身后。

方雨凝站在距离悬崖边不到一米的地方停下脚步。她望向远方，久久没有说话。吴朝明离她几步远，也似石像般一动不动。这场景就像一对相约共赴黄泉的爱侣正在俯视世界，在心中默默道别。作为背景的深灰色天空，与乌黑的地平线之间已渐渐闪起微光。

站在悬崖上望向远处的望雪庄，吴朝明不禁感慨万千。他突然想起了泉镜花那部小说里的故事，全都想起来了。那部小说的主人公是一个傲慢的军官，他爱着自己的妻子，妻子却爱着另一个人，于是他一怒之下把妻子禁闭在一个房间里。妻子的情人为了见到她，杀害了看守，被军官抓获，判了死刑。行刑那天，军官特意带着自己的妻子去现场，让她亲眼看到自己的爱人被处刑……这种偏执的爱恨和由此产生的对处刑的执念，简直和方正树一模一样。方正树为何如此执着于处刑呢？除了这是他童年时听过的传说外，更有可能他妻子的私通对象正是四位镇长之一，他想在妻子的情人面前对她进行处刑。这样猜测着，吴朝明不禁感到浑身发冷。

吴朝明环视周围的雪景，想象着方正树经历的一切：年轻时遇到心爱的女人，投身于事业，虽然获得成功，却失去了陪伴家人的时间，也失去了妻子的爱。他对妻子的爱变成恨，于是开始策划一次处刑。他一个人爬山、考察，寻找适合处刑的地点，他可能找遍了整个兴安山，甚至可能在此之前连周围的山都找过了。最后，他终于找到了这个最合适的地点，从一砖一瓦开始，建好这所庄园，当时他是怎样的心情呢？他设计了房子的全部细节，将他全部的精力都投入到"处刑"这件事上。不仅仅是望雪庄，方正树整个人生都变成了"处刑机器"。或许当处刑结束的那一刻，他的生命之火也随之燃尽了。

正当吴朝明胡思乱想时，雾中方雨凝的轮廓突然矮了下去。他心中一惊，紧接着发现原来是方雨凝席地而坐。她的双臂环抱着瘦弱的小腿，小小的头颅枕在膝盖上。想起她之前曾说过"想要看一次完美的日出"，吴朝明产生了一种尘埃落定的安心感，轻轻坐在她身旁。

方雨凝的头轻轻靠在吴朝明的肩上，一种强烈的情感在吴朝明心中翻涌。他原本有很多话想问方雨凝，为什么要用这么复杂的方式报仇？为什么要设计那么多冗余的线索？为什么一定要在吴朝明面前演出侦探的戏码？看到方雨凝的反应后，这些问题的答案他已经明白了。

方雨凝的侦探戏码是只演给吴朝明看的，她设计了一个"方正树杀人"的剧本，而这真相必须由一个她以外的人找出来。当她第一次听吴朝明问起雪地女尸的事情，便构思好如何让他一步步发现真相。她首先把凶手用的诡计"推理"出来，构造一个"完美"的解答，凶手必然在那三人当中，但是这个完美的结构却有一个致命的漏洞，那就是这些嫌疑人中，并没有人需要做出"断电"这一画蛇添足的行为。只需要这一漏洞，便可以让整个看似完美的结构崩塌，那时吴朝明就会发现所有诡计都可以指向方正树，方正树才是那个满足一切条件的凶手。方雨凝还煞费苦心地引导吴朝明探索雪地女尸的真相，她不难猜测吴朝明对这件事的好奇来自他的父亲，并且对她的死一直抱有愧意。于是方雨凝顺水推舟，让方正树从五年前的案子的真凶变为受害一方。最终，她将整件事包装成方正树报仇杀人然后自杀，一切看起来顺理成章。

是啊，一切都顺理成章，吴朝明在这个故事里只是一个被骗的傻子。她说过的所有让吴朝明心动的话语，都只是在引诱他走向她设计好的舞台，陪她一起演出这幕雪山里的悲剧。

但是唯一无法解释的，便是这三天共同相处的时光。方雨凝设计了那么复杂的线索，绝不仅仅为了让方正树被当作真凶。如果是这样，只需要更精巧的设计就够了。她设计的这一切谋杀过程，就像方正树设计巨大的杀人机器一样，是一种表演，是为了完成心底的愿望。她对侦探游戏的执念，或许和她报仇的心情不相上下，而吴朝明作为一个突然闯进来的旁观者，一个天然的"华生"形象，为这个舞台填上了最后一块基石。

方雨凝真的只是把自己当作一个被蒙蔽的观众吗？吴朝明突然想到方雨凝的那篇短小的几乎不能算小说的文章。那篇意味不明的谜题，现在他似乎有了新的理解。方雨凝想借那篇文章暗示的，是一种只能发生于雪山之中的极绝凄惨之景，其中的诡计是"一种完全没有预料到的巨大恐怖袭击了平静的雪山生活"，这一切似乎就是她母亲死亡那一幕的隐喻。而作为"处刑工具"的望雪庄，也如同战时的飞机一般，是一种"飞来"的"交通工具"，将她的母亲，连同她毫无察觉的幸福生活撞得粉碎。

方雨凝的文章里描述的二人，在寂静无声的雪山里面对冷酷的尸体，不疼不痒地谈论着这起惨剧的真相，好像死亡完全没办法打破他们二人构筑起的小世界，这种冷漠和随之而来的安全感，多么像这三天来的方雨凝和吴朝明啊。她的世界虽然扭曲却不完全是晦暗的，在她的心底期盼着这样安全的一个小屋，完全属于自己的小屋，两个人做一些无伤大雅的侦探游戏……想到这里，吴朝明心底的柔情越发充盈，渐渐填满了胸腔。如果这是她心底最真挚的幻梦，那么实现起来似乎也并不那么难。

明知道自己只是被她利用，却完全没办法恨她。

吴朝明转头面向方雨凝，想要把自己的想法说出口。方雨凝的双眼紧闭，嘴唇微微翘起，表情是完完全全的放松和舒适，像婴儿一般。

就算什么都不说，方雨凝一定也能够感受到我心里的这些想法。吴朝明对此十分自信。

吴朝明已经了解她全部的暗秽，方雨凝却能这样安心，正是因为她也知晓了吴朝明的心意吧。她知道吴朝明能承受这一切，这一切对他们来说不是结束，而是新生。他忽然想到，从前的他绝不可能有这种与人心意相通的信心，现在却这样自然而然地信任着方雨凝，也信任着自己。意识到这一点后，一股温热的感受从头流向脚底，润泽全身，吴朝明觉得像在温热的清泉里洗了一遍身体，浑身舒畅。所有的话语都失去了意义，此刻他只想把肩上沉甸甸的重量永远记在心里。

脖颈传来湿润的触感，吴朝明一怔。此刻的他差点忘记了这世界上还有其他事物的存在——除却他和枕在他肩头的女孩——以至于他对雪的感觉也颇疏远，好像是从未见过的事物。然而，雪花却并没有意识到他这种奇异的心情，徐徐飘落，很快吴朝明的头发和肩膀上就染上一层白霜。

她冷不冷呢。吴朝明忽然担心起方雨凝来，但是她的脑袋却一动不动，这让吴朝明也没办法起身给她披上自己的外套。融化在脖颈的雪水顺着衣领流进后背，冰凉的刺激感一阵阵从背后传来。他依旧一动不动，生怕惊动了方雨凝。他只想维持现在这个姿势久一点，再久一点，直到那期待的一刻到来。

好在那一刻并没有来得太晚。远处，黑色的地平线忽然涌出一股金光，浇筑到某个深黑色的缝隙中，那边界瞬间被耀眼的金色冲破，变得模糊。这股流淌着的金水像滴入水中的墨汁一般在空中蔓延，其中一个支流洒向雪地里被薄雪覆盖、相互依偎着的男女，闪亮的金色霞光滑过他们的手臂、面颊和相互依偎的身体。

　　终于，从那金色的源头涌出一个小小的椭圆形。吴朝明激动得几乎大叫出声，方雨凝却还是一动不动地靠在他肩头。

　　吴朝明低头看去，从他的胸口传来非常微弱却很均匀的呼吸声——方雨凝已经睡着了。

出 品 人：许 永
责任编辑：寇 毅
特约编辑：何青泓
装帧设计：海 云
印制总监：蒋 波
发行总监：田峰峥

投稿信箱：cmsdbj@163.com
发 行：北京创美汇品图书有限公司
发行热线：010-59799930

微信公众号 官方微博